누구십니까

Who are You

누구십니까

Who are You

초판 1쇄 인쇄 2023년 3월 27일
초판 1쇄 발행 2023년 3월 31일

저　자　전미홍
발행인　박지연
발행처　도서출판 도화
등　록　2013년 11월 19일 제2013－000124호

주　소　서울시 송파구 중대로34길 9－3
전　화　02) 3012－1030
팩　스　02) 3012－1031
전자우편　dohwa1030@daum.net
인　쇄　유진보라

ISBN ｜ 979－11－92828－12－1*03810
정가 13,000원

누구십니까

Who are You

전미홍 연작소설

도화

목차

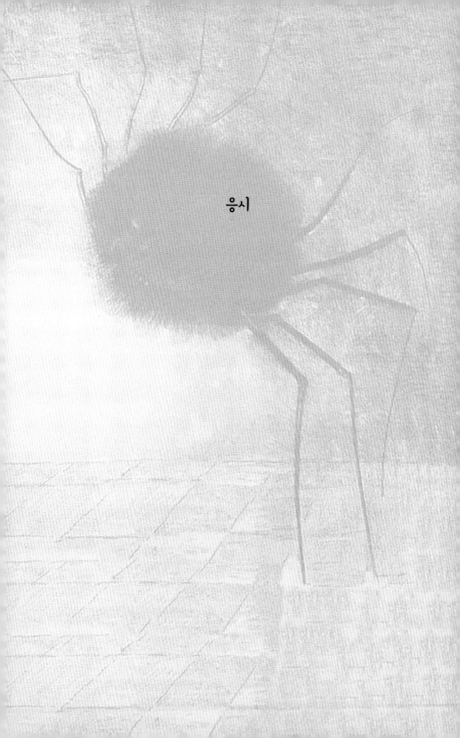

응시

돌

    M은 본다. 돌이 된 어머니처럼 앉아 돌이 되어 캔버스를 바라보고 있다. 그는 돌이 되기까지 오랜 시간이 걸렸다. 끝내 돌이 되지 않을 시간도 필요했지만. 돌은 그에게 많은 것들을 가르쳐주었다. 침묵과 만남에 대해. 또 관계에 관한 것들까지도.

    그가 돌이 되려고 결심하기 전까지 그의 제일 큰 과제는 어머니와 얀, 두 여자들 사이에서 평형을 유지하는 일이었다. 그녀들은 너무 무겁거나 너무 가벼워서 둘 사이에서 무게 중심

잡기가 쉽지 않았다. 그래도 그가 중심만 잘 잡으면 예각삼각형이나 둔각삼각형처럼 셋의 조화가 그런대로 유지되었다. 얼마 후 그녀들이 대등해져가자 그는 팽팽한 고무줄을 타고 앉은 것처럼 불안해서 숨이 막혔다. 몇몇 사람들은 그 원인을 얀의 허영심과 경솔함 때문이라 했고, 어떤 이들은 어머니의 빈틈없는 성품을 탓했다. 또 혹자는 M의 우유부단함을 지적하며 문제 삼았다.

정삼각형 같은 안정된 구도를 원하던 M은 결국 돌을 닮기로 작정했다. 돌은 강했다. 미결이나 개변(改變) 같은 것들은 달가워하지 않았고 자신의 몸처럼 단단한 것만을 좋아했다. 굳건한 믿음이나 묵직한 태도, 깊은 응시 같은 것들을. 더러는 돌같이 강인한 어머니를 떠나 솜처럼 부드러운 얀에게만 머물고 싶었다. 그때마다 돌은 그에게 멈춤을 지속하라고 속삭였다.

M은 돌을 마주하고 있으면 시간이 비켜가는 것 같았다. 생각은 더 깊어지고 범위를 넓혀갔다. 그 종류나 크기와 모양에 따라 차이가 있었지만, 그것들은 제각기 어떤 특별한 값어치를 지닌 것처럼 보였다. 비바람과 한파를 [1]느루 견뎌온 돌일수록 더 그랬다. 그런 오래된 돌을 보면 어머니 얼굴이 겹쳐 보이기도 했지만, 인간에게서는 찾아볼 수 없는 자연만의 진가를

지닌 게 분명했다. 그 특별성이 M으로 하여금 붓을 들어 자신들을 화폭에다 옮기게끔 했을 것이며, 인간들이 자신의 신념을 그들 몸뚱이에 새기게도 만들었을 것이다.

돌은 존재 그 자체만으로도 그에게 두려움을 불러일으킬 때도 있었다. 어머니가 침묵만으로도 그를 저지시킬 수 있었던 것처럼. 주로 무리를 이루고 있을 때, 밝은 곳에 있는 것들과는 달리 숲속이나 바다 어귀 같은 그늘진 곳에 자리 잡은 돌들이 그랬다. 그것들은 M이 다가가면 숨죽이고 지켜보았다. 집단적으로 서식하는 동식물에게선 볼 수 없는 묘한 기운을 내뿜었다. 나무토막 같은 다른 무정물들의 것과는 확연히 달랐다. 그렇다고 해서 그 두려움이 M을 그들로부터 멀어지게 하는 구실이 될 수는 없었다.

점

M은 여전히 캔버스 앞에 앉아있다. 앉아있는 건 같지만 그가 캔버스를 응시하기 시작한 이상 캔버스는 더 이상 비었다고 말할 수 없다. 50호 사이즈의 네모난 면적은 그가 탄생시키

려는 세계를 담을 하나의 거대한 공간이 되어버리는 까닭이다. 세계를 오직 하나의 점에다 담아내려는 그의 의지는 너무나도 확고하므로. 때문에 점은 그가 생각하는 모든 것들을 함축하고 있어야만 한다. 마치 '사랑'이란 한 단어에 기쁨과 행복, 그리움과 아픔 같은 의미들이 담겨있듯이.

M이 붓을 거머쥔다. 캔버스로 가려던 그의 손은 이내 공중에서 묵직하게 멈춰버린다. 불과 한 발짝 밖에 떨어지지 않은 자신과 캔버스와의 간격이 그는 마치 지구와 달과의 거리만큼이나 멀게 여겨진다. 눈을 감는다. 감은 눈 속에서 노을이 걸터앉은 수줍은 산을 보기도 하고, 손을 흔들어대는 싱그러운 나무들을 바라본다. 갯내를 토하며 쉼 없이 들썩이는 바다를 응망하기도 하고, 갖가지 모양을 연출하는 여유로운 구름과 검은 하늘에서 몸을 떨고 있는 하얀 별들을 올려다본다.

다시 눈을 지릅뜨고 캔버스를 주시하는 M. 최대한의 집중력을 요하는 순간이다. 그는 천천히 캔버스의 정중앙을 비껴난 한 지점에다 붓끝을 갖다 댄다. 그 동작은 너무나 조심스러워서 제의를 행하는 제사장을 닮았다. 숨을 크게 들이마셨다 길게 내쉰 다음 다시 붓끝에다 온 신경을 집중한다.

붓끝이 사각의 흰 아사 천에 닿자 찌릿한 전율이 전신을 훑고 지나간다. 손가락을 타고 팔뚝으로, 어깨와 가슴으로, 몸 구석구석으로 혈류를 타고 흐르는 게 느껴진다. M은 호흡을 잘하면서 그린 그림이라야 보는 사람도 편안하게 감상할 수 있다고 믿는다. 호흡이 원활해야 생각도 자연히 한 지점으로 모아진다는 걸 그는 오래전에 터득했다.

점 하나를 신중하게 그린 M은 붓을 든 채로 캔버스를 바라본다. 점이란 것을 난생처음 대하는 사람처럼. 그의 머릿속엔 이미 그것에 대한 정보가 백지상태로 변해있다. 여태까지 가졌던 점에 대한 이미지는 이제 그의 기억 속에서 말끔히 사라졌으므로. 그는 일어서서 뒤로 서너 발자국 물러선 다음 캔버스를 뚫어질 듯 응시한다. 다시 오른쪽 옆으로 몇 걸음 물러서서, 또다시 그 거리만큼 왼쪽으로 이동한 후 감전되기라도 한 것처럼 꿈쩍 않고 캔버스를 주시한다. 지면과 점의 간격, 그림을 비추고 있는 조명의 조도와 각도, 색감의 배합들을 머릿속의 것들과 견주어본다.

캔버스를 차지하고 있는 건 단 하나의 점. 돌을 멀리서 봤을 땐 점같이 보였고, 멀리서 보면 공간만 있는 것처럼 보이는 것역시 점이었다. 그렇지만 대부분의 사람들은 공간의 존재에 대해 잘 알아차리지 못했다. 그들은 공간을 무와 동일하다고 여겼다. 마치 물을 유(有)라고 보면서도 얼음이 녹으면 그것을 무(無)라고 단정 짓는 것과 다름없었다. 그것이 바로 그가 점이 필요하다고 생각하는 지점이다. 그는 이 하나의 점이 곧 새로운 공간을 탄생시키리란 걸 예감한다.

이번에는 캔버스 안의 점 외의 공간을 M 자신이라고 가정해 본다. 그러면 그는 캔버스 안에 있는 게 분명해진다. 따라서 그의 앞에는 '점'이라고 하는 한 개의 담벼락이 생성되었다고 말할 수 있다. 그 점은 돌이기도 하고 어머니이기도 하면서 얀이기도 한 것이다. 이 사실은 그로 하여금 그녀들로 인해 자신의 존재가 입증될 수도 있다는 걸 이해시킨다.

더불어 발견하게 되는 또 하나의 실존하는 공간. 그것은 캔버스 바깥에 있는 공간으로서, M이 모르고 있던 완전히 다른 세계라는 것까지 깨닫게 만든다. 결국 점이란 존재는 M이 의식하지 못한 또 다른 세계를 인식시켜줄 수 있는, 희망의 불꽃인 셈이다.

그가 오늘 하려는 작업은 모두 끝이 났다. 몸을 틀어 탁자에 붓을 내려놓은 뒤 농부가 볏단을 부리듯 소파에다 풀썩 몸을 내던진다.

얀

    M은 언젠가부터 그림을 서둘러 그리려하지 않는다. 그림을 그리기 전 그가 먼저 하는 일은 자신을 빈 캔버스처럼 텅 비게 하는 작업이다. 그것은 종교의식 못지않게 진지하고 엄숙하다. 연륜이 쌓일수록 감각은 더 또렷해지고 캔버스를 대하는 태도 또한 절을 올리는 것처럼 정성스럽다. 뿐만 아니라 열일곱 살 무렵 처음으로 얀을 마주했을 때와 같은 설렘이 동반되는 때도 바로 이 때다.

    학창시절 동갑내기인 얀은 자신이 클레오파트라라고 불리고 있다는 사실을 몰랐을 것이다. M과 그의 친구들 사이에만 오가는 그녀의 별명이었다. 그에게 뿐만 아니라 여느 남학생에게도 눈길 한 번 주지 않는 도도한 여학생. 허리가 잘록한 까만 교복 깃에는 눈부시게 하얀 와이드 칼라가 부착돼있었다. 어쩌면 풀을 먹여 **빳빳**한 칼라의 질감이 그녀에게 접근하는 걸 더 어렵게 한 건지도 몰랐다. 함부로 근접할 수 없는 성역의 깃발 같은 칼라 위로 가느다란 목덜미가 애처로워 보였다. 그럴 땐 과감하게 다가가서 말을 걸어보고도 싶었지만, 어딘가를 주시하다 생각에 잠겨버린 고즈넉한 그녀 눈길이 또다시 그의 발목을 붙들었다.

귀밑 2센티 단발머리에 허리를 꼿꼿이 세운 여학생. 고개를 30도 각도로 치켜들고 정면을 응시하는 옆모습 또한 도도한 이미지를 만드는 데 한몫했다. M은 매일 버스정류소에서 그녀가 오길 기다렸다가 멀찍이 서서 지켜보았다. 바람에 흩날리는 머리카락을 검지와 중지에 끼워 귀 뒤로 둥글게 쓸어 넘기던 것. 눈을 내리깔고 무심결에 짓던 새초롬한 표정 따위를 그는 아직도 생생하게 기억하고 있으며, 그의 그림 속에서 재현되고 있다.

얀, 그녀는 지금 지구 반대편 쪽에서 살고 있다. 화려한 빌딩들이 숲을 이루고 있는 맨해튼의 한가운데에서 자신을 빼닮은 스물두 살 딸과 함께. 그녀는 수년간 M과 지내다 느닷없이 결별을 선언하고 자신보다 열 살 많은 사업가와 결혼했다. 이십여 년이 지난 어느 날, 떠날 때 그랬던 것처럼 그녀는 홀연히 M 앞에 나타났다.

그가 여느 때처럼 땅만 내려다보며 걷고 있을 때, 검정색 미니스커트가 그의 앞에 멈춰 섰다. 허벅지까지 드러낸 늘씬하고 미끈한 다리. 잠시 후 그것은 그의 손이 기억하던 허벅지란 걸 알게 되었다. 이따금 그를 몽정하게 만들던 탄력 있는 젖가 슴과 핑크빛 젖꼭지도 떠올랐다. 그런데 믿을 수 없게도, 검정 미니의 근사한 다리는 하나밖에 없었다. 실리콘과 금속으로 구 성된 대퇴 의족(大腿義足) 한 짝이 그 다리와 쌍을 이뤄 나란히 서 있었던 것이다. M은 다리 주인의 당당함에 눈이 휘둥그레졌 다. 고개를 들어 여자 얼굴을 봤을 때, 그의 몸은 중심을 잃고 휘청거렸다.

꽃

M은 그림을 그릴 새 물감을 준비한다. 그가 그릴 재료는 유 화 물감이지만 그는 결코 만들어진 재료를 사용하지 않는다. 식물의 꽃과 이파리, 돌가루나 조개껍질가루 같은 것들로 직접 만든 안료(顔料)로만 그림을 그렸다. 그래야만 자신이 원하는 독특한 색상을 만들어낼 수 있기 때문이다.

물감 준비를 마친 M은 사흘 전에 찍은 연꽃 사진들을 작업 대 위에 늘어놓는다. 사진 속 꽃들은 비슷해 보이지만 저마다 다양한 크기와 표정들을 짓고 있다. 그는 한때 홍련에 매혹되어 수년간 연꽃 그림만 그린 적이 있었다. 20년 만에 다시 홍련을 그리고 싶어졌고, 연꽃을 보기 위해 함안으로 향했다.

함양 상림공원과 고성의 상리공원에도 연꽃 군락이 있었지만 아라 홍련이 있는 함안의 연꽃군락지를 택했다. 아라 홍련을 번식시켜 연꽃 테마 파크까지 조성해놓고 있었다. 사실 그는 아라 홍련이 아라가야의 옛 궁터에서 발견된 연자라는 신문기사를 봤을 때부터 그곳에 가보려고 마음먹었었다. 꽃씨가 발굴된 지 일 년 만에 처음으로 꽃을 피웠다는 아라 홍련 기사가 그를 그곳으로 불러들인 셈이었다.

7백년이란 길고 긴 잠에서 깨어난 연이라니! 그는 신기하고 궁금해서 견딜 수가 없었다. 그 길고 긴 세월 동안 볕이 들지 않는 땅 속에서 씨앗이 온전히 묻혀있었다는 사실이 그에게는, 닐 암스트롱과 올드린이 아폴로 11호를 타고 달에 착륙했던 것만큼이나 경이로운 사건이었다. 어떤 면에선 사라져버린 고대 아라 가야가 부활한 것이나 다름없는 일 아닌가. 한 번 홍련에 깊이 매료되었었던 그로서는 아라 홍련을 보러가는 것이 얀을 찾아가는 것만큼이나 설레는 방문이었다.

다시 본 얀의 모습이 충격적이었던 만큼 그녀와의 재회는 M

에게 예상치 못한 변화를 불러왔다. 이제 그는 그 어떤 여자에게도 호감을 갖기 어려워졌고 우호적인 시선조차 보내지 않게 되었다.

지금의 M은 아라 홍련의 생김새보다 그 씨가 7백년간을 흙 속에서 어떻게 버티어왔는가에 더 관심이 갔다. 비록 발아에 성공한 씨앗은 세 개에 불과했지만 꽁꽁 얼어붙은 땅속에서 세찬 비바람과 추위, 갈증과 병충해의 공격들로부터 자신을 꼿꼿이 지켜낸 열 개의 씨앗들에게 경외심마저 일었다. 딱딱하고 온기 없는 얀의 의족을 통해 그녀의 강한 생명력을 느꼈던 것과 크게 다르지 않았다.

얀은 M이 알고 있던 과거의 그녀가 아니었다. 명품 옷을 즐겨 입고 다이아몬드를 좋아하던 여자와 거리가 멀었다. 자신에 대한 어머니의 냉담함을 쏘개질하던 그런 여자와도 달랐다. 그녀의 당당함은 더욱 성숙해지고 견고해졌다. 사고로 한쪽 다리를 잃고 난 후 이혼을 요구한 쪽은 그녀의 남편이 아니라 얀 그녀였다.

"당신 곁에 있으면 내가 스스로 일어설 수가 없어. 계속 당신에게 의지하려고만 들 테니까."

퇴원하던 날 그녀가 이혼장을 내밀며 남편에게 한 첫마디였다. 그 이야기를 얀은 차분한 음성으로 M에게 들려주었다.

얼핏 보면 아라 홍련은 ²법수 홍련과 비슷했다. 그럼에도 그는 아라 홍련을 단번에 알아볼 수 있었다. 붉은 색이 선명하면서도 은은하고, 짙은 색인데도 순수한 빛을 띠고 있는 홍련. 흡사 단정하면서도 원숙한 여인의 자태를 닮았다. 양산크기만큼이나 널따란 잎사귀들은 탐스런 꽃송이를 편안하게 떠받쳐줘 지극히 안정되고 여유로워 보인다. 그 바로 옆에서 옹골지게 영근 연밥 또한 거침없이 죽 뻗은 줄기를 타고 앉아, 담담한 표정으로 M을 바라보고 있다.

소

이야기를 듣는 M은 난감해졌다. '이 여자는 왜 나를 가만히 내버려두지 않는 걸까.' '도대체 왜 미술에 대한 자신의 무감과 무지를 자꾸만 내게 발각되게 하는가.' '저처럼 자기애가 강한 여자가 왜 자신에게 무관심한 남자를 자꾸 만나려드는가.' 따위의 의문들이 그를 성가시게 만들었다.

정을 만난 건 순전히 얀 때문이었다. 맨해튼으로 돌아가는 날 얀은 공항에 배웅 나온 그녀의 대학후배인 정을 M에게 소개했고, 중학교음악교사인 그녀는 번번이 그에게 만나자는 연락을 해왔다.

"³루이스 부르주아의 '⁴마망'을 보셨어요?"

이번에는 사진 하나를 그에게 들이밀며 물었다. 마지못해 그것을 들여다보던 M은 사진 속 조형물의 아름다움에 눈을 떼지 못하다가, 곧 정이 하는 말에 말문이 막혔다.

"리움 미술관에서 그 거대한 거미 전시물을 보는데 무서워서 온 몸이 오그라드는 것 같지 뭐예요."

정은 실지로 그 엄청난 거미가 바로 눈앞에 있기라도 한 듯, 몸을 떨며 고개를 가로젓고 또 물었다.

"그 거미가 선생님껜 어떻게 보여요?"

M은 하마터면 기가 막히게 훌륭하군요! 라고 털어놓을 뻔했지만, 정의 기분을 언짢게 할 만큼 솔직할 필요는 없었다.

"끝을 모르는 오만하고 이기적인 인간의 욕망, 그것에 경각심을 불러일으키려는 게 작가의 의도 아닐까요."

"하기야 뭐, 선생님은 아무리 유별나고 괴기스러운 작품에서도 미학적인 요소를 발견해내시는 분이죠."

냉소적인 투의 말을 정은 아무렇지도 않게 내뱉었다. 말뜻을 알아차리지 못해 당황한 M에게 정이 다시 말했다.

"선생님 블로그에 있는 ⁵오딜롱 르동의 '⁶잘린 머리'나 '⁷ 웃음짓는 거미'에서처럼 말예요."

이번에는 M이 미소 짓지 않았다. 그는 박제처럼 앉아 정이 계속 말하도록 내버려두기로 작정했다.

"처음에 선생님의 블로그에서 그 그림들을 보고 얼마나 놀랐는지 아세요? 세상에, 그릇에 담긴 사람의 머리라니요! 그 섬뜩한 그림을 보고 선생님이 정말 이상한 사람 아닐까하는 생각까지 했었다니까요!"

M은 더 이상 정의 말을 듣고 있지 않았다.

"거기에다 또 선생님은 '안정감을 주는, 내가 가장 좋아하는 그림'이란 소개 글도 적어놓으셨잖아요. '보세요. 잘린 머리가 얼마나 편안해보입니까'라면서요. 모든 걸 다 내려놓은 자의 얼굴 같다고도 하셨던가요. '오욕에 찌든 자신의 몸뚱어리, 머리마저도 툭 떼어놓고 명상에 잠긴 듯한, 저 완벽한 의연함!'이란 글귀도 써놓으셨죠 아마."

M은 정의 말을 듣고 있지 않았지만 줄곧 앉아있었고, 그녀는 줄기차게 이야기를 계속해나갔다.

"시커먼 '웃음 짓는 거미'도 그렇잖아요. 그 거미그림도 공포감을 주면서 괴기스럽기 짝이 없더라고요. 그런데도 선생님은 '악동의 짓궂은 웃음이 보인다'며 재미있는 그림이라고 설명해 놓으셨죠. 뭐, 하기야 그 그림은 그래도 다시 보니까 공포감이 좀 덜 느껴지긴 하더라고요."

M은 정이 이야기하는 동안 하품을 일곱 번이나 했다. 그녀는 그것이 자신과 상관있다는 걸 조금도 눈치 채지 못했다. 그는 하는 수 없다는 듯 입을 열었다.

"그럼 저의 소싸움 그림도 봤겠군요. 그건 더 끔찍했을 텐데요. 설마 소싸움을 웃음 짓는 거미보다 더 잘 이해하시는 건 아니겠죠."

"아, 맞아요! 그 소 그림들은 너무 자극적이었어요. 끔찍해서 얼른 다른 페이지로 넘어가버렸죠. 설마 진짜로 소싸움을 좋아하시는 건 아니겠죠?"

"아뇨, 아~주 좋아합니다!"

M은 힘줘 대꾸한 뒤 화들짝 놀라는 정을 쳐다보며 말했다.

"저는 해마다 한 번씩 청도로 소싸움을 보러가지요. 전 소들의 싸움에서 역동성을 느낍니다. 아니, 정 선생님은 지금 소를 살해하는 남미의 투우경기를 연상하는 모양이군요. 그것과 우리나라의 소싸움은 근본적으로 다르지요. 사람이 소와 싸우는 게 아니라 소와 소의 대결이니까요. 사람들이 하는 씨름대회처럼 말입니다."

"암만 그래도 그렇죠. 싸움소를 사육해서 의도적으로 소들을 싸움시키는 건 너무 잔인해요!"

정의 얼굴이 빨개지면서 목소리가 떨렸다.

"소가 얼마나 영리한 동물인지 모르시죠? 저보다 훨씬 우월한 상대를 만나면 싸우기도 전에 벌써 그걸 알아차리죠. 출전하기 직전에 두 팀인 네 마리의 소를 대기소에 두는데, 승패는 이미 거기서부터 결정된다고도 볼 수 있어요. 각기 싸워야 할 상대 소를 그들은 기운으로 느끼거든요. 입장하자마자 싸움을 포기하고 돌아서서 퇴장해버리는 기민한 소도 있어요. 아예 입장조차 안 하려고 버티는 고집스런 소도 있고요. 그럴 땐 주인이 아무리 싸우기를 종용해도 소용없지요."

M이 소싸움의 흥미로움을 계속 이야기하면 할수록 정에게는 피 흘리며 싸우는 소들만 연상될 뿐이었다. 그는 이야기를 그만두지 않았다.

"꽃순이 얘기를 해드리죠. 지난번에 본 싸움소들 중 한 마리의 이름입니다. 상대 소에게 우월감을 갖고 있던 꽃순이가 예상 외로 자기보다 훨씬 어린 소에게 진 거예요. 그러자 녀석은

억울해서 한참을 울며 분통을 터뜨리더군요. 그럴 땐 소 주인이 어떻게 하는지 아세요? 우는 소를 토닥토닥 두드려주면서 괜찮아, 괜찮아! 하고 어미처럼 흥분을 가라앉히고 달래주지요."

"아무리 그래도 그렇죠. 닭싸움도 마찬가지지만, 소들을 싸움시켜 그 광경을 즐기려드는 사람들을 저는 통 이해할 수가 없어요. 그런 사람들의 의도 자체가 저는 못마땅해요. 그것도 결국은 인간의 이기심에서 비롯된 거 아닌가요. 전 그건 일종의 사회악에 속한다고 생각해요. 간디의 묘비에 적힌 7대 사회악 중에서 세 번째에 속하는 '양심 없는 쾌락' 말이에요."

정은 쏘아붙이듯 말하고는 얼른 고개를 돌렸다. 더 이상 M과 대면할 마음이 없어진 그녀는 수업이 있어서 가봐야 한다며 일어섰고, M은 그제야 지극히 만족스러워졌다.

술

L이 M을 방문했다. L의 손엔 여느 때처럼 소주 몇 병과 안주가 담긴 비닐봉지가 들려있었다. 그가 가끔 화실로 찾아와 함

께 술을 마셨지만, 지금처럼 취기가 있는 상태로 오는 경우는
드물었다. 둘이 이런저런 이야기를 나누다가 L이 불쑥 물었다.

"M형, M형도 꿈을 꾸세요?"

"네, 가끔씩 꿉니다."

"선가에서는 꿈이 없어야 한다고 했다지만 저는 아직도 거
의 매일 꿈을 꿔요. 그것도 악몽을요. 주로 벌거벗은 여자위에
오르는 꿈인데 에로틱한 게 아니라 공포스러운 꿈이에요."

얀과 마주친 이후 M에게 일어난 또 다른 변화는 얀 꿈을 자
주 꾸게 되었다는 점이다. 그녀와 정사를 나누는 장면은 너무
나 생생해서 그때마다 잠을 설쳤다. 그럴 땐 부리나케 일어나
황급히 그 장면들을 스케치북에다 크로키했다. 꿈속의 얀은 의
족을 한 채일 때도 있었고, 의족 없는 한쪽 다리만으로 M밑에
서 교성을 지르기도 했다. 그걸 L에게 말하고 싶지는 않았다.
M은 시치미를 떼고 난색을 보였다.

"알몸의 여자위에 오른다? 그런데도 공포스럽다?"

"네, 꿈에서 여자의 얼굴은 보이지도 않고 제 모습만 보이는
거예요. 그것도 난장이처럼 아주 작아져버린 몸뚱이에 못생긴
얼굴을 한 사내로 말이지요."

"아, 저 괴물처럼요?"

벽에 걸린 [8]헨리 퓨젤리의 '[9]악몽'을 가리키면서 M이 익살스럽게 웃었다.

"네, 저 괴물보다야 조금 낫긴 하지만요. 변해버린 저의 끔찍스런 모습에 비명을 지르면서 깨어나곤 하죠."

L이 젊은 시절에 어떤 어려움을 겪었었는지 알고 있던 M은 고개를 끄덕였다.

"그런데 어제는 저보다 더 지독한 악몽을 꾸는 선배를 우연히 만났어요."

M은 의자를 조금 당겨 L 쪽으로 몸을 기울였다.

"그는 오래 전에 징역을 살고 나온 사람이에요. 대학 다닐 때 민주화 운동을 하다가 간첩으로 조작되어 억울하게 실형을 살고 나왔지요. 수십 년이 지났지만 그는 아직도 트라우마에서 헤어나질 못하고 있었어요."

"그랬군요. 그건 정말이지 가슴 아픈 일입니다."

"완전히 조작된, 그에겐 일생일대의 사건이었죠. 그러니 모처럼 만났어도 무슨 말을 할 수 있었겠어요. 우리는 그저 묵묵히 소주잔만 기울였지요. 더구나 그는 사형까지 언도받았던 사람이에요. 그런데도 2년이나 사형이 집행되지 않고 교도소에 있었죠."

"원 세상에, 2년씩이나요? 얼마나 긴 공포의 시간이었을까요!"

"그 2년이 그에겐 2백년만큼이나 길게 여겨졌을 거예요."

"그래, 그 뒤 어떻게 됐습니까."

"2년 후에 무기로 감형되고, 수년간 옥살이를 하다가 출소했어요. 오래된 이야기죠."

L은 한숨을 내쉰 뒤 소주잔을 단숨에 비웠다.

"그는 몸이 조금만 아파도 어김없이 악몽을 꾼대요. 몇 사람이 연이어 사형대에 올라 처형되고 자기 차례가 되어, 사형당하기 바로 직전에 꿈에서 깨어난다고 해요. 잠에서 깰 때마다 옷은 땀으로 흠뻑 젖어있다더군요."

M은 아무 말도 못하고 고개 숙인 채 술만 따랐다. 두 사람 사이에 흐르던 침묵을 먼저 깬 건 L이었다.

"M형, 이 사건을 필연이라고 봐야 할까요. 우연이라고 봐야 할까요."

M이 무슨 말을 해야 할지 몰라 머뭇거리자 L이 다시 말했다.

"M형, 필연과 우연의 관계 말이에요. 양자는 변증법적 연관 속에 존재하는 거 아니겠어요. 어떤 조건 아래에서 발생할 수는 있지만 반드시 발생할 필요가 없는 사건을 우연이라고 하니까요."

"그렇지요. 주어진 조건에 의해서 규정되지 않거나 최소한 일의적으로 규정되지 않는 사건, 그것이 우연 아니겠습니까."

L말에 호응하며 고개를 끄덕이던 M에게 얀의 얼굴이 떠올랐다. 그녀와 자신과의 만남은 과연 우연일까 필연일까!

"그러니까 필연과 우연은 대립되겠지요? 같은 관계 아래서 같은 조건에 있을 때, 어떤 사건은 항상 필연적이거나 우연적이지 않겠어요."

M은 L말에 수긍하면서도 전적으로 동의할 순 없었다. 얀과의 만남을 우연으로 본다면 그녀와 만날 필연성은 배제해야 했다.

"그렇다고 해서 필연과 우연의 대립이 절대적인 건 또 아니지요. 그 대립은 오히려 상대적이어서 주어진 조건체계 안에서 존재하니까요."

"그럼 그 조건을 벗어나면 필연과 우연은 상호 이행한다는 말인가요? 필연과 마찬가지로 우연도 항상 구체적인 연관과 관계를 맺고 있다는 그 뜻인가요?"

"필연과 우연이 전체로서의 세계에 관계한다고 단정할 순 없을 것 같습니다. 필연을 절대화하면 숙명론에 빠지고, 우연을 절대화하면 비결정론에 빠지게 될 테니까요.”

“전에 M형은 필연은 생산을 전제로 한다고 하셨는데, 사실 저는 그 부분을 아직도 잘 모르겠어요. 우리 만남이 필연이 아니라는 뜻으로 말하신 거 같아서요. 기억나시죠?”

L의 숨소리가 조금 거칠어졌다. 그가 술을 너무 마신 탓이리라 생각하며 M이 강한 어조로 말했다.

“L, 내가 우리 만남을 생산적이지 않은, 소모적이란 뜻으로 이야기한 건 아니었지요. 안 그래요?”

“네, 알아요, M형. 소모적인 관계란 없으니까요. 아무리 [10]반연(絆緣)일지라도 소모적 관계라는 말은 성립되지 않지요. 설사 악연이라 할지라도 그 만남에는 반드시 이유가 있을 테니까요.”

두 사람의 술잔이 거듭해서 오갔다. 마지막 다섯 병째의 소주가 바닥을 드러내자 L이 비틀거리며 일어섰다. 침울해있던 L이 웃음기를 찾았지만 하고 있는 말들의 받침은 점점 달아나고 있었다.

“M형, 마누라가 지난주 제게 뭐라고 했는지 아세요? 술에 취해 현관에 들어서는데 글쎄, 온 아파트사람들이 다 들을 만큼

큰소리로 외치는 겁니다. *야, 이놈의 호모 드링쿠스야!"*

자기 아내 목소리를 그대로 흉내 내던 L의 눈과 그를 배웅하던 M의 눈이 마주쳤고, 둘은 동시에 폭소를 터뜨렸다.

모(母)

사진 속의 처녀는 수줍어하면서도 환하게 웃고 있다. 교복으로 보이는 흰 무명 저고리에 까만 통치마를 입고 있는 그녀. 저고리의 품이 좀 작은 탓에 앞섶이 약간 들려 있다. 양쪽 어깨에 땋아 내린 머리가 얌전하다기보다는 오히려 발랄한 인상을 준다. M은 단아한 오십대의 어머니 사진을 이 이십대 초반의 사진으로 바꿔 끼웠다. 웃는 어머니 얼굴을 볼 수 있는 유일한 사진이었다.

그가 새로 시작할 작품은 어머니를 그리는 것이다. 이번 아트 페어에 전시할 일곱 작품들 —돌, 점, 얀, 꽃, 소, 술, 모—의 주제를 애초에 '모(母)'로 정해놓았었다. 어머니의 일생에서 그녀의 기억에 가장 큰 비중을 남겼을, 전쟁을 체험하던 처녀 적 어머니를. 자신의 어머니와 가족을 돌보기 위해 학업을 포기해야 했던 젊은 그녀를. 그는 사진들을 나열하며 당시 어머니에게서 들었던 이야기들을 모조리 소환해내려고 애쓴다. 그것이 전시회를 위해 그가 해야 할 첫 번째 작업이다.

스물한 살의 그녀는 화물차 짐칸에 올라탄다.

역이 폭파되기 전까지만 해도 거리의 모습은 평화로웠다. 전쟁이 발발했다는 뉴스만 보도되었을 뿐 피난민들의 행렬은 보이지 않았고, 숙사 밖에서도 전쟁으로 인한 소요는 들어보지 못했다. 전쟁이 일어났다고 선포된 지 보름째 되는 날, 이리(익산)역 기관고(機關庫)가 폭파되는 사건이 터졌다. 미공군기의 오판으로 난 사고라고 보도했지만 주민들은 그 말을 믿으려하지 않았다. 3백여 명의 주민들이 역 참사로 희생됐다는 사실이 한참을 지나서야 밝혀졌다. 하늘은 잿빛으로 내려앉고 거리는 불안과 공포로 술렁였다.

지나쳐가는 들판 너머에 폭격 맞은 건물들이 처참한 모습을 띠고 있다. 그런데도 굴뚝들만 온전히 남아 흡사 묘지가 부유해있는 것처럼 보인다. 무너진 건물과 건물 사이로 보이는 교회의 십자가는 마치 무덤을 딛고 서 있는 것만 같다. 그녀가 무섬증을 느껴 고개를 돌리는데 앞에 앉은 사내가 자기 옆의 남자에게 말한다.

"사고라고 허기엔 너무 이상하지 않혀? B29 폭격기가 이리 역을 폭파한 거 말여이. 난 그날 역 근처에 있었당게. 혀서 내 이 두 눈으로 똑똑히 봤당게."

사람들의 시선이 일제히 그 사내에게로 가 꽂혔다.

"그날 우시장이 열렸제. 그려서 나가 소를 몰고 역전으로 갔제이. 역 저 짝에 있어서 다행히 화는 면했는디 아, 글시 하늘에서 시커먼 덩어리들이 떨어지더라고. 첨엔 낙하산인 줄 알고 신기혀서 구경혔제이. 기차 곁에 있던 기관사들도 하늘을 올리다보고 깃발을 흔들더마이. 우리 팬인 줄 알고 반갑다고 흔들었것제이."

"그날 이리역이 완전히 불바다가 됐지. 50명이 넘는 철도청 직원들이 모조리 타죽었어. 군산이나 김제, 전주나 황등에서 소를 몰고 온 사람, 소 사러 온 사람, 장을 보러 왔던 사람, 역전에 있던 사람 모두가 타버린 거야. 누가 그러더구먼. 그 사람들이 족히 3백 명은 될 거라고. 그자들이 몽땅 재가 돼버린 거지."

옆자리의 남자는 침착하게 말했지만 떨리는 목소리에 노여움이 잔뜩 실렸다. 터져 나오려는 울분을 애써 누르고 있는 게 역력했다. 남자가 다시 말을 잇는다.

"그것뿐만이 아니었지. 그 변이 있고난 나흘 뒤에도 또 대대적인 총격사건이 있었으니까. 평화동에 있는 변전소와 철길 주변이랑 마을에 미군 놈들이 또 기관총을 난사했어. 전투기를 타고서 말이야. 그날도 북한군은 이리에 와 있지도 않았다고."

그녀는 목이 타들어간다. 어둠이 내려앉자 한기마저 들었다. 몸을 더 움츠리는데 재킷주머니에 들어있는 편지 생각이 났다. 아버지가 먼 친척 중 보따리 행상하는 이를 찾아내어 편지를 전해왔던 것이다. 마산 댁이라 불리는 그 여자는 아버지 편지를 건넨 뒤 어머니 소식부터 전한다.

"내가 너그 어무이한테 갔다가 만사 제끼놓고 이리 안 달리왔나. 세사 해골만 남아 있더라카이. 생때같은 자슥을 하루아침에 잃었으이 어매가 우째 병이 안 나것노. 갸는 세상 사람이 다 아는 신동 아이었나. 그노무 미군차가 와 하필이믄 그런 귀한 아를 치노 말이다 으이. 그마이 훌륭한 자슥 잃코 세사 어느 어매가 정신이 온전켄노."

여자는 손수건을 꺼내 눈물을 훔치고 코를 푼 다음 서둘러 이야기를 이어간다.

"너그 어무이는 무신 일이 있어도 살리야된데이. 그런 사람은 세상천지에 또 읍다. 성님은 뭐하나 버릴 끼 없는 사람인기

라. 부지런코 짭찔코 없는 재주가 읍고, 어려븐 사람 있으믄 어디든지 맨 먼저 달리가 도와주는 보살 아이가. 내도 암에 걸리가 다 죽어갈 때 성님이 살린 기라. 마음 같아서는 내가 성님 곁에 딱 붙어있고 싶구마는, 그기 도리기도 하고. 근데 남에 일 맡아논 기 워낙에 많아가꼬 그래도 몬하고 우야겠노. 니 공부하는 거 쪼매 미라노코 어서 가서 우짜든동 너그 어무이부터 살리그레이, 으이!"

M은 삶과 죽음, 그 이면에 대해 생각해본다. 그것들은 언제나 양면성을 띠고 있었다. 누군가가, 혹은 어떤 것이 잘 되고 성취된다는 건 누군가의, 혹은 어떤 것의 희생과 실패를 의미했다. 누군가의 부는 다른 누군가의 궁핍을 낳았고, 특별한 친밀감을 가진 이들이 있으면 반드시 소외된 누군가가 생기기 마련이었다. 무리 속에서는 더욱 빈번하게 그런 일들이 발생했다.

그럼에도 불구하고 그의 어머니는 가족을 위해 자신을 희생했노라 여긴 적이 한 번도 없었다. 그저 돌처럼, 타인들에게만 그 존재성이 비춰졌을 뿐, 정작 그녀 자신은 스스로를 인식하길 끊임없이 경계하며 일생을 살았다. 그 사실을 M은 이제야 깨닫는다. 어머니 삶의 궤적을 둘러보고서야. 그녀를 딱딱한

오동나무 관 속에다 유폐시킨 지 십년이 지난 지금에서야.

어쩌면 지금쯤 어머니는 다른 세상에서 점 너머의 또 다른 세상을 바라보고 있을는지도 모른다. 여전히 하루하루를 돌처럼 살아가면서. M은 만일 그곳에서 얀과 자신이 다시 그녀를 만나게 된다면, 그때는 세 사람의 관계가 안정적인 정삼각형 구도를 이룰 수 있을까 상상해본다.

아마도 그럴 가능성은 극히 희박하리라. 그곳에서의 어머니는 그걸 전혀 원치 않을는지도 몰랐다. 자신이 살아온 날들과 정반대의 삶을 꿈꾸고 있을는지도. 외다리가 된 얀이 다시 일어서기 위해 자신을 혹독하게 몰아붙여 변해갔듯이.

M의 시선이 작업실 한구석에 가 머문다. 한참을 생각에 잠겨있던 그는 자리에서 벌떡 일어났다. 늙은 파수꾼처럼 꿈쩍 않고 있는, 자신을 닮은 커다란 회색 돌 앞으로 다가갔다. 그는 온 힘을 다해 그것을 안아든 다음 비치적거리며 문을 나선다.

화실에는 어느덧 [11]석훈(夕曛)이 드리우고, 캔버스 앞에 다시 앉은 M의 손이 바쁘게 움직이기 시작한다.

1 느루 : 한꺼번에 몰아치지 아니하고 오래도록 (표준국어대사전)

2 법수 홍련 : 법수 옥수홍련. 법수면 옥수 늪에서 자생한 홍련으로 연분홍색이 아름다움과 연 특유의 강한 향기를 지닌 품종으로 꽃잎 맥이 선명하고 키가 작고 꽃은 7월 하순부터 9월 초순까지 피는 민생종이다. 전주대학 송미장 교수 논문에 의하면 경주 안압지 연과 유전자가 동일한 것으로 수록된 것을 보면 신라시대 연으로 추정되고 있다.2007년 경복궁 경희루에 연꽃 복원 품종으로 선정되었다. (함안 연꽃 테마파크)

3 루이스 부르주아 Louise Bourgeois (1911.12.25. ~ 2010.5.31.) : 프랑스계 미국인 예술가. 추상표현주의 조각가. 특히 '마망(Maman)'이라는 거미 구조물로 유명해졌으며, 오늘날 고백 예술(confessional art)의 창립자로 인정받고 있다. 1940년대 후반에 남편 로버트 골드워터와 함께 뉴욕으로 이사한 이후 조각을 시작했다. 그녀의 작품들이 추상적이기는 하지만 인간의 형상과 배신, 걱정, 외로움 등의 주제를 암시하며, 전체적으로 자서전적인 성격을 가진다. 이는 그녀의 어린 시절 영어 가정교사가 아버지의 애인이었다는 사실에 대한 트라우마에 의한 것으로 보인다. 1982년에는 뉴욕 현대미술관에서 여성 작가 최초로 회고전을 열었고, 1999년에는 베니스 비엔날레 황금사자상을 수상했다. (위키백과)

4 마망 Maman : 루이스 부르주아의 말년 작품으로, 어미 거미를 묘사하고 있다. 연작이므로 세계 곳곳에 비슷한 작품이 있으며 이태원 삼성미술관 리움에 가면 볼 수 있다. 자세히 보면 거미의 뱃속에 알들이 들어 있는데, 어미 거미가 뱃속에 있는 새끼를 지키기 위해 다리를 넓게 뻗고 있는 모습이다. 작가의 아버지와 형제들이 문란한 사생활로

어머니를 고생시킨 유년 시절의 기억에서 비롯되었다고 한다. (나무
위키)

5 오딜롱 르동 Odilon Redon (1840.4.20. ~ 1916.7.6.) : 꿈과 환상의 세
계를 그린 프랑스 화가. 모네와 같은 해에 태어나 인상파 시대를 살았
지만 일상을 재현하는 데 몰두한 당대의 화가들과는 달리 보이는 것
보다는 느껴지는 것을 실재라고 여긴 화가다. '눈'보다는 '상상력'을
통해, '일상'이 아닌 악몽이나 유토피아 같은 내면세계의 비전을, 묘사
를 통해 재현하기보다 암시적으로 표현하는 것이 미술이 지향할 바라
고 생각했다. 독특하고 신비로운 환상의 세계를 창조한 상징주의 미
술의 선구자로 평가받는다. 르동의 그림 주제는 그의 기질과 취향이
창조한 '주관적'인 것으로, 완벽한 이해가 불가능한 모호함을 특징으
로 한다. 컨텍스트(맥락)가 파악되지 않는 경우가 대부분이며, 그려진
대상 또한 전후경이 없는 막연한 공간에, 중력의 영향을 받지 않고 떠
있는 듯한 느낌을 주는 것이 보통이다. (네이버 지식백과)

6 잘린 머리 : 미술사에서 잘린 머리 모티브는 세례 요한이나 오르페우
스 주제 그림에서 등장해왔는데 19세기 들어서는 많은 화가와 문학인
들에게 인기를 끌었고, 르동에게 직접적인 영향을 준 것은 모로의 그
림에 등장한 세례 요한의 머리다. 모로와 달리 르동의 머리와 눈은 이
야기와 관련된 의미를 갖기보다 물질에서 해방된 정신, 지성의 상승, 영
혼의 불멸 등을 상징한다. (네이버 지식백과)

7 웃음짓는 거미 : 큰 주목을 받지 못한 초기 풍경화 작품들에서 벗어나
르동은 1870년 보불전쟁 참전 이후 본격적으로 자신만의 창안을 시도
하는데, '검은색(noir)'시절 일련의 작품들이 그의 작품세계를 드러낸
다. 〈웃음 짓는 거미〉에 등장하는 거미는 마치 사람같이 가느다란 여
덟 개의 발 중 단 두 개의 다리로 바닥을 딛고 있는 모습이지만 웃고
있는 모습에서 힘겨움은 찾아볼 수 없다. 같은 시기에 그린 〈우는 거
미〉와 상반되는 표정으로 주목 받았으며 무채색의 배경에 목탄으로

그려졌다. (네이버 지식백과)

8 헨리 퓨젤리 Henry Fuseli (1741.2.7.~1825.4.17.) : 스위스 화가로 낭만주의 회화로 유명하다. 그는 섬뜩한 표정을 짓고 있거나 뒤틀린 동작을 하는 인물, 마녀, 유령, 악마와 같은 형상을 그려 넣어 공포심을 자극하는 작품을 많이 남겼다. 스위스에서 태어났지만 주로 영국에서 활동하였으며 셰익스피어, 밀턴 등의 문학작품에서 영감을 받았다. 18세기 초기의 예술가들이 아름다움에 대한 묘사를 목가적인 장면이나 전통적인 내러티브의 형상화를 통해 이루었다면 푸첼리는 어둠이 가진 신비로움, 공포의 감정을 자극하는 것에서 작품의 원천을 찾았다. (네이버 지식백과)

9 악몽 : 1782년 런던 로열 아카데미에서의 전시는 유명세를 타는 계기가 되었으며, 판화로 제작되어 널리 보급되었고 정치적 풍자로 패러디 되었다. 퓨젤리는 연모했던 여인 안나 란돌트와 결혼하기 위해 스위스를 방문하였으나 그녀의 부모에게 거절당했다. 작품 속에서 소름 끼치는 모습으로 관람객을 응시하는 악마의 시선은 궁극적으로 발밑의 여인을 정복했음을 나타낸다. 퓨젤리는 작품을 통해 자신이 란돌트를 침몰시키고 그녀의 숨을 거뒀음을 의미하고자 했다. (네이버 지식백과)

10 반연(絆緣) : 얽히어 맺어지는 인연. (표준국어대사전)

11 석훈(夕曛) : 해가 진 뒤의 아스레하게 남는 빛. =땅거미, 박야, 황혼 (표준국어대사전)

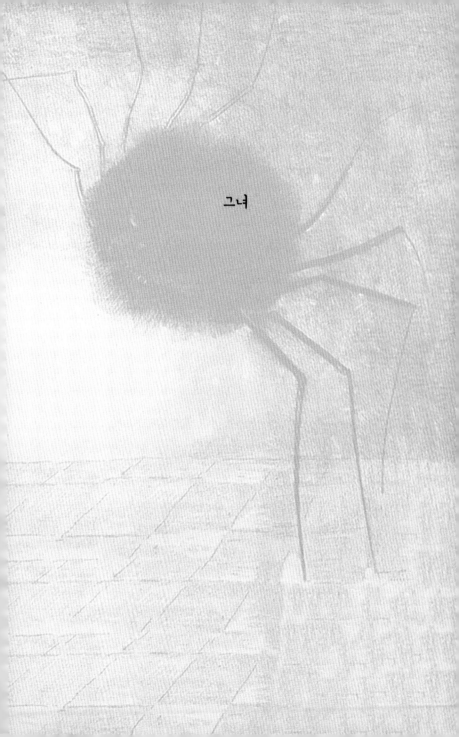

그녀

"마지막으로 이별을 고하는 시간입니다."

장의사의 마지막이란 말이 칼끝처럼 가슴을 찔러댔다. 염습은 이미 끝나 있었고, 어머니는 머리에 복건을 쓴 데다 [1]명목(瞑目)을 하고 있었다. 손에 씌운 [2]악수(幄手)와 삼베로 만든 신발은 너무 커 마치 어른 옷을 입은 아이 같았다. 생전에 그녀가 손수 장만해놓았던 수의는 소용이 없었다. 장의사는 그 수의를 명주천이 아니라서 입힐 수 없다고 했다.

배지와 붉은 비단 [3]명정(銘旌)이 깔린 관속에다 어머니를 옮길 차례였다. 하관을 위해 양쪽에 세 군데씩 긴 끈이 준비돼있었다. 두 장의사가 어머니의 머리와 다리를, 허리는 상주인 규원이 받쳐 들고 옮겼다. 너무나 반듯한 자세여서 돌출된 그녀의 등이 배기지나 않을까 염려스러웠다. 관 속에다 손을 넣어 등을 만져보고 싶을 지경이었다. 그렇지만 어머니의 입속에 꾹꾹 틀어막은 [4]반함(飯含)이 앞으로 나가려던 규원의 손을 저지시켰다.

깨끗한 어머니 얼굴은 은행 색으로 변해 있었다. 규원은 그 푸르스름한 볼에다 자신의 뺨을 갖다 댔다. 어느새 평정심을 잃기 시작한 거였다. 마주 댄 뺨에 얼음 같은 냉기가 훅 끼쳐오자 비로소 그녀와의 먼 거리가 실감났다. 이제 그 거리는 유지돼야만 했다. 그 원치 않는 자각이 기어코 품위를 지키려는 규원의 애도를 방해했다.

규원은 그 자리에서 완전히 무너져버렸다. 그런데 이상한 일이었다. 소리가 나오질 않았다. 뱃속에서 들끓던 뭔가가 오목가슴에 틀어박히며 울대를 마비시켜버렸다. 장의사는 머리를 감싸고 주저앉으려는 규원을 속히 데려나가게 했다. 문밖에 있던 친구들이 창백해진 규원을 다급하게 빈소 옆방에 눕혀놓고 소리쳤다.

"이 바보야, 소리 내서 울어. 그렇게 울음을 삼키다간 큰일 나!"

대부분의 노인들은 곯아떨어져 있다. 언젠가부터 그녀만은 예외였다. 규원은 발뒤꿈치를 들고 살금살금 그녀에게 다가간다. 가까이 다가갈수록 그녀의 콧구멍은 더 크게 벌름거린다. 시각을 거의 상실해버린 그녀에게 이제 코는 냄새만 맡는 기관이 아니다. 성별이나 신분을 알아내거나 그 사람의 성격까지도 파악해내는 확장된 감각기관이다. 그녀는 아마도 지금 활짝 웃고 있으리라. 화석같이 굳어버린 얼굴 아래로.

또다시 그녀의 코가 실룩인다. 먹이를 찾는 동물처럼 먹을 것에 대한 그녀의 후각 활동은 매우 끈질기다. 어느새 그녀에겐 사람을 구분하는 것보다 음식을 구별해내는 것이 더 흥미로운 일이 되었다. 규원은 가져간 보퉁이를 슬쩍 등 뒤로 감춘 뒤, 자기가 뭘 가져왔는지 알아 맞춰보라고 말한다. 역시 그녀에게서 탐색의 즐거움을 훼방하려던 속셈은 그대로 들켜버리고 만다.

그녀의 입꼬리가 살짝 올라가면서 눈 밑에 미세한 떨림이 인다. 득의양양한 미소를 지을 그녀. 그럼에도 이미 진행된 파킨슨은 안면근육의 움직임을 자유롭지 못하게 만든다.

그녀는 자신의 감정을 좀처럼 숨길 줄 모르는 여자였다. 그러면서도 언제나 밝은 모습을 잃지 않았다. 규원은 아직도 믿기지 않는다. 그렇게 빈틈없던 사람도 알츠하이머 치매와 파킨슨이 자신을 잠식토록 허용한다는 사실이. 그래서 그녀가 송장처럼 변해간다는 그 사실이.

"엄마, 이제부터 할머니한테 밥 주지 마!"

할머니가 제 엄마와 다투자, 스물여섯 살 손녀가 악다구니 쓰며 그 말을 내뱉었을 때, 그때부터 그녀는 이미 주검이 되기 시작했는지도 모른다. 가장 소중하게 여겼던 장손녀의 그 한마디는 26년간 오만불손했던 며느리의 어떤 말보다도 더 큰 화살이 되어 그녀의 심장을 찔렀던 것이다.

규원은 최대한 밝은 목소리로 그녀를 부른 다음, 바짝 다가앉아 마사지하듯 그녀 얼굴을 어루만진다. 아직도 부드럽고 깨끗한 피부다. 이번에는 아기가 된 그녀의 양 볼에다 길고 소리나게 입을 맞춘다. 수십 년간 거동이 불편한 채로 살았어도 곱고 단정한 모습을 잃지 않았던 그녀. 이런 작은 스킨십이 그녀로 하여금 자신이 사랑 받고 있다고 느끼게 만든다는 걸 규원은 잘 알고 있다.

그녀는 얼굴을 앞으로 내밀고 눈을 감은 채 애완동물처럼 다소곳하다. 가래 때문에 목에서 약간의 그르렁거리는 소리가 새 나오지만, 그녀가 흐뭇해하고 있다는 걸 규원은 알 수 있다. 그렇다고 입술을 달싹거리는 그녀의 입에서 언어가 완성돼 나오는 건 아니다. 언제부턴가 그녀가 하는 말은 자다 깬 사람의 말처럼 어눌해졌으며 어휘구사력도 유아처럼 짧고 단순해졌다. 무엇보다 좋지 않은 건 그녀 스스로가 타인과 소통하려는 노력을 포기해버렸다는 점이다.

이건 무슨 반찬이야? 조기 살 한 점을 집어 그녀 입에 넣으며 규원이 묻는다.

아, 하고 입을 한 번 벌리기 위해, '조기'라는 한 단어를 발성하기 위해 그녀는 최선을 다해 집중한다. 하지만 그녀의 시간은 한없이 느리고 느리다. 삼켜지지 않는 음식물을 입안 가득 문 채 망망연히 앉아 있는 그녀. 그 모습은 먼 시간 너머의 기억을 불러들이게 한다.

음식을 싫어하는 어린 계집아이는 매번 엄마를 조바심치게 만들었다. 입에 들어간 음식물을 미음만큼이나 질퍽해지도록 물고 있곤 했으니까. 그런 아이에게 엄마는 밥을 한 숟갈 떠 넣어준 뒤, 시~작! 하고 외쳤다. 엄마의 밝고 힘찬 구령이 아이의 저작(咀嚼)을 활발하게 만들었다. 그런 다음 다 씹기를 기다렸다가 꿀~떡! 큰 소리로 삼키게끔 유도했다. 그러다 종래엔 아이가 밥 한 숟갈 먹을 때마다 동요 하나씩을 불러주었다.

"산토끼 토끼야, 어디를 가느냐. 깡충깡충 뛰면서 어디를 가느냐…"

그 상냥하고 다정했던 엄마는 어디로 간 걸까. 아무런 희망도 생명력도 찾아볼 수 없는 그녀 앞에 앉아, 이제는 숟가락을 든 규원이 그녀에게 묻는다.

"엄마, 노래 불러줄까?"

이 장면들은 마치 '토드 히도의 '밤' 사진처럼 한 장의 사진이 되어 규원의 기억 속에 저장돼있다. 아무런 이야기를 하지 않으면서도 많은 이야기를 담고 있거나, 혹은 많은 이야기들이 침묵 그 자체가 돼버린 것 같은 그런 사진으로.

시간이 흐르자 수많은 것들이 낡거나 사라지고 닳아 없어져 버렸다. 소유했다고 믿었던 물질들 외에 신념이나 신의 같은 것들과 심지어 사랑까지도. 규원은 시간이 흐를수록 더욱 선명해지는 것도 있다는 걸 알게 됐다. 그것은 모양을 갖추지 않았을뿐더러 시간과 공간을 초월한 어느 지점에 있었다. 너무나도 간절하고 애절해 허공에까지 새겨져버린 것, 기억이었다. 규원에게 그런 영원성을 지닌 기억을 가장 많이 갖게 해준 사람이 바로 어머니였다.

어머니는 특별했다. 사람들은 그녀를 꼽추라고 불렀다. 이 말이 규원에겐 '벙어리'나 '절름발이' 같은 단어들과는 어감 자체가 달랐다. 그것들은 모두 신체적 장애를 가진 사람을 낮잡아 부르는 동종의 단어임이 분명했다. 그런데도 '꼽추'란 말을 대하면 우선 어머니 얼굴이 떠올랐고, 그것을 발음할 때는 침을 뱉는 것만 같아서, 어머니에게 침을 뱉는 듯한 야릇한 가책을 느꼈다.

어쩌면 그 단어를 입에 올리는 것 자체가 금기시됐기에 그럴지도 몰랐다. 성인이 되고서도 집 안에서건 집 밖에서 한 번도 그 말을 발음해본 적이 없었다. 어릴 때는 그 단어가 어머니를 지칭할 수 있다는 사실조차도 몰랐다. 학교에 다니면서부터 사람들이 등 뒤에서 수군대는 소리를 듣고, 그녀를 손가락질하는 걸 보고서야 알게 되었다. 어머니가 남들에게 그렇게 불리고 있다는 것을.

어릴 때부터 규원이 본 영화나 책에 등장하는 꼽추는 하나같이 추했고, 악랄하거나 바보스럽든지 탐욕스런 인물로 그려지고 있었다. 심지어 이야기를 더 극적으로 치닫게 하려고 장애를 앓는 특정 신체 부위를 잔인하게 훼손하기까지 했다. 그런 대목을 읽을 때면 어머니의 몸이 오버랩 되어 몸서리를 쳤다. 학교의 세미나식 수업에서도 그런 소설을 다룬 적이 있었다. 그때 규원은 어리석게도 그만 속마음을 그대로 노출시키고 말았다. 코스모스처럼 여리고 선한 얼굴을 한 여성작가의 책이었다. 그 소설엔 등장인물인 '꼽추'에게 잔혹 행위를 가하는 장면이 거듭해서 묘사되고 있었다.

경악했다. 장애인을 훼손하는 잔인함이었다. 도저히 참을 수 없는 묘사였기에, '장애인의 신체적 결함을 악으로 표현하는 수단으로 삼았다'는 점을 들어 지적했다. 반응은 예상했던 대로였다. 규원의 의견이 동의를 얻기보다 유능한 작가의 인격을 폄하시킨다는 비난을 받았다. 학우들은 그녀가 과민반응을 일으킨다고도 했다.

그 말이 옳을는지도 몰랐다. 만일 어머니가 장애인이 아니었더라면 규원은 그 작가의 기발하고 풍부한 상상력에 압도당해, 그들처럼 그 작가의 작품을 변함없이 예찬했을지도 모를 일이었다. 그렇지만, 그럼에도 불구하고, 규원은 그들 앞에서 어머니를 밝힐 수 있어야 했다. 그녀의 어머니가 그런 이름으로 불리는 사람이라고. 자신의 어머니야말로 작가가 그처럼 흉측하게 처단하고 싶어한 바로 그 '꼽추'라고.

규원은 난생처음으로 어머니를 숨겼다. 어머니를 드러내지 않음으로써 어머니의 존재 자체를 부정해버렸다. 언제부턴가 자기도 모르는 사이에, 자신의 당당함의 근원인 '어머니'를 상실해버렸던 것이다. 또한 작가는 이유는 알 수 없으나 장애인의 신체적 결함을 악으로 상징화시켜, 장애인에 대한 이미지를 부정적인 쪽으로 고착시켰다.

규원은 이해할 수가 없었다. 왜 그렇게 잔인한 상상력이 창작에 동원되어야 하는지를. 그들이 한 번만 어머니와 이야기를 나눴더라면, 단 한 번만이라도 그녀를 만나봤더라면 절대로 그런 묘사를 쓰지 않았을 텐데, 라고 한때 생각한 적이 있었다.

장례식을 치른 뒤 어머니의 유품들을 정리했다. 요양병원에서 가져온 건 달랑 종이가방 하나. 백화점 패케이지 속에 든 건 요양병원에서 그녀가 들고 마시던 락앤락 빨대물병과 그녀 나이만큼이나 오래됐을 향나무 염주, 입원하던 날 입고 신었던 옷과 신발, 여벌로 가져갔던 속옷과 양말 따위, 그게 다였다.

"말도 안 돼!"

허접한 그것들이 어머니의 말년을 말하고 있어선 절대로 안 될 일이었다. 규원은 못 볼 걸 본 사람처럼 얼른 한쪽에다 그것들을 밀쳐놓았다. 이제 어머니의 삶을 입증할 수 있는 건 기껏 단 한 칸의 서랍 속 물건들뿐이었다.

규원의 부모는 이사 때마다 더 작은 집으로 옮겼기에 많은 살림을 줄여야 했다. 말년엔 살던 집을 처분하고 아들네 집으로 옮기면서, 옷장을 비롯한 대부분의 세간을 필요한 사람들에게 나눠주었다. 그 후 노부부의 마지막 거처인 요양원 방엔 둘 수 있는 개인 사물이 극히 제한적이었다. 그렇게 한 채의 집이 한 집의 일부 공간으로, 다시 하나의 방으로. 방 하나에서 병원의 작은 서랍장으로. 그리고 다시 한 개의 패케이지로 줄어들었다. 끝내는 자신의 몸을 태운 한 삽의 재.

서랍을 열자 반밖에 채워지지 않은 옷가지들이 주인을 기다리고 있었다. 주로 규원의 외할머니가 사온 블라우스와 할머니가 손수 만든 치마나 통바지들이었다. 변변한 옷이라곤 고작 한복 두벌—하복과 동복으로 한 벌씩 뿐이었다. 어머니는 나다니지도 못하는데 옷이 왜 필요하냐며 한사코 새 옷을 마다했고, 나중엔 갖고 있던 옷들까지 대부분 내다버리게 했다.

외할머니는 툭하면 어머니 옷을 사오거나 천을 떠와 그녀 몸에 맞게끔 만들었다. 할머니는 인정하려고 하지 않았다. 자신의 그런 배려가 늘 그녀와 다투는 까닭이 된다는 것을. 어떤 때는 그 옷이 그녀의 손에서 바닥에 패대기쳐졌다. 자신의 어머니가 구부려 앉아서 하는 노고를 원치 않았으므로, 그 모습이 매번 그녀를 화나게 했다. 또 그때마다 그녀는 부자유스런 자신의 몸에 환멸을 느꼈다.

규원은 그 옷들 앞에서 결국 오열하고 말았다. 두 손으로 그것들을 움켜쥐고 어머니를 불렀다. 그녀를 부르면 부를수록 그녀가 느꼈을 온갖 설움들만이 고스란히 그 옷을 통해 전달되었다.

낮에도 병실의 환자들은 잠에 빠져들었다. 오로지 그녀만이 앉아서 고개를 45도 각도로 들어 올린 채 먼 허공을 응시하고 있다. 묘하게도 그 모습은 보는 이로 하여금 강한 호기심을 유발시킨다. 주로 뭔가를 골똘히 생각할 때, 결코 실현되어지지 않을 무언가를 갈망하는 자세다. 우두커니 앉아있는 어느 노인들과는 달라 보인다. 그것은 타인의 시선을 웬만큼 의식한 도도한 자세에 가깝다.

그녀는 신체적으로 불리한 조건을 가진 사람이 부조리한 상황과 맞닥뜨리게 되면, 어느 정도의 도도함이 필요하다고 여겼다. 부당하다고 생각되면 절대로 물러서지 않고 시비를 가렸다. 약자를 함부로 얕잡아보는 파렴치한이나 자신의 이익을 위해 함부로 약속을 어기려드는 자, 혹은 사리에 어두워 일을 그르치는 집안사람들까지, 규원은 누구도 그녀와 싸워서 이기는 걸 보지 못했다. 부랑자도 마찬가지였다.

험상궂게 생긴 남자 둘이 마당에까지 불쑥 들어섰다. 그들은 집안에 여자들만 있다는 걸 확인한 뒤, 함부로 소리치며 가져온 그릇들을 강매하려 들었다. 몇 차례의 거절에도 그들은 눈을 치뜨며 사라고 윽박질렀다.

"절대로 깨지지 않는다고요? 어떻게 그처럼 자신할 수 있어요? 그럼 깨지면 어떡할 건데요?"

"자 보세요, 이렇게 던져도 안 깨지잖아요. 깨지면 물러드립니다. 거참, 젊은 아주머니가 의심도 많네."

아무리 거절해도 강요가 거듭되자 그녀는 할 수 없다는 듯 그릇 하나를 높이 치켜들었다. 그리곤 온 힘을 다해 마당에다 확 던져버렸다. 일은 그걸로 끝이 났다. 그들은 설마 시멘트 바닥에다, 그것도 그렇게 힘껏 내던지리라 전혀 예상치 못한 일이었다.

그렇지만 그녀는 정말이지 상냥했다. 그녀의 재치 있는 말솜씨에 모두가 유쾌해졌고, 누구든 함께 있으면 그녀가 장애인이라는 사실을 금세 망각해버렸다.

창 바로 옆에 그녀의 침대가 있다. 환자들과의 소통이 절실했던 그녀를 3인실로 옮겨달라고 규원은 병원에다 여러 차례 요청했다. 소용없었다. 그녀를 중환자라고 판단한 의사는 병실 중 가장 밝고 조용한 자리라며 계속 중환자실에만 머물게 했다. 주검이 돼 병원 문을 나설 때까지.

그녀는 간병인이 기저귀를 갈 때 자신의 엉덩이를 사납게 때린다고도 했고, 간호사가 자신에게 원치 않는 수면제를 복용토록 종용한다고도 했다. 간병인들 중 누군가는 자신의 서랍장에 넣어둔 돈을 상습적으로 훔쳐간다고도 속삭였다. 그녀가 숨을 거둔 뒤에야 서랍 속 돈이 몽땅 없어진 사실을 알게 됐지만, 수면제 복용문제와 구타 여부는 끝내 밝혀지지 않았다.

단정한 단발머리의 그녀는 더 짧은 머리 모양을 원치 않았다. 그런데도 '위생'을 강조하던 간호사는 직원이 관리하기 편해야 된다는 말만 자꾸 들먹였다. 그리곤 환자들의 머리카락을 서툰 가위질로 숏컷 시켜버렸다. 규원은 수용소의 포로를 연상시키는 어머니 머리 모양을 바라보자, 한 움큼의 머리카락을 집어삼킨 것처럼 목 안이 막혀왔다.

환자에게 음식 떠먹여주는 일도 간병인들은 서서 하고 있었다. 침대 옆에 간이의자가 있었지만 이용하는 경우는 극히 드물었다. 담당한 환자 수가 많다 보니 그들은 언제나 빨리 먹이기에만 급급했고, 노인들은 음식을 제대로 씹지도 못한 채 삼키거나 식욕을 잃어버리기 십상이었다.

"바닥에서 좀 기어보고 싶어!"

바로 눕기 어려운 데다 돌아눕는 것마저도 힘들어진 어머니에게 침대매트는 움직임을 더 어렵게 할 따름이었다. 그녀는 하반신이 마비된 이후 줄곧 그래왔듯 방바닥을 기어 다니고 싶었던 것이다. 온돌병실로 옮겨달란 요구는 끝내 들어주지 않았다. 그녀는 기어 다닐 자유조차도 박탈당하고 만 것이었다. 규원이 한 번 더 온돌 병실을 원하자 간호사가 씹어뱉듯이 말했다.

"직원이 힘들어서 안 됩니다!"

어머니는 기저귀를 차야하는데, 직원이 방바닥에서는 기저귀 갈기에 불편해서 안 된다는 것이 그 이유였다. 간호사는 아무렇지도 않게 덧붙였다.

"정 그러시면 개인 간병인을 쓰세요. 그러면 음식 먹이고 기저귀 가는 것 등 모두 보호자 분 마음에 들 테니까요."

두세 명의 요양보호사가 환자를 마흔 명씩이나 담당해야 하는 실정을 모르는 바 아니었다. 그런 말이 나올 법하다는 생각도 들었다. 그럼에도 불구하고 규원은 그토록 냉정한 간호사의 눈에 과연 노인 환자들이 인격체로 보이기나 할 것인가가 적이 의심스러웠다.

사람들은 규원의 아버지만큼 성실하고 착한 사람은 세상에 또 없을 거라고 말했다. 규원은 그런 칭찬들이 으레 어머니를 염두에 두고 하는 소리란 걸 알았다. 장애인을 아내로 둔 남자이기에 듣게 되는 의미 없는 칭찬들. 공기와도 다름없었다. 규원의 아버지는 그 말들을 귀담아 들었다. 길거리에서 지인을 만나면 차렷 자세를 한 다음, 상체를 최대한 숙여서 인사했다. 입가엔 미소를 짓고 '편안하시옵고' '건강하시온지'같은 극존칭어를 써서 자신을 낮췄다.

상대는 그런 예의를 갖춰야 할 사람이기보다는 대개는 습관적이었다. 그들은 그런 아버지에게 매우 겸손한 사람, 예의가 아주 바른 사람이라고 했다. 규원은 달랐다. 그녀는 남에게 지나치게 친절한 아버지가 못마땅했고, 그 이중성이 부끄러웠다. 누군가에 대해 이야기하려고 하면 그는 내용을 다 듣기도 전에 그 사람의 인성부터 들먹였기 때문이었다. 그럴 때 대개는 어머니가 중재(仲裁) 역할을 했는데, 그녀가 긍정적인 쪽으로 말하면 또 얼른 그의 욕설이 칭찬으로 바뀌기도 했다.

그는 상장이나 칭찬에 집착했으며 남의 말과 행동에 기분이 쉬 좌우됐다. 어머니는 아버지의 그런 약점들을 잘 이용할 줄 알았다. 그녀는 남편이 하면 좋을 대부분의 것들을 칭찬하거나 회유해서 그가 하게끔 만들었다.

"당신이 안 가면 일이 제대로 진행되지 않을 거예요. 그러니
참석하세요."

"철이 엄마가 당신이 부지런하다는 말을 만날 때마다 하네
요."

학교에서 돌아온 규원에게 아버지는 어김없이 그날 선생님
이나 누군가에게서 들었던 말들을 자신에게 되들려주길 원했
다. 그는 그것들이 모두 칭찬이라는 걸 언제나 알고 있었다. 들
을 때는 몹시 흡족한 표정을 짓고 있다가 다 듣고 난 뒤에는 '그
건 당연한 거야'라는 식이었다. 그는 규원이 매번 우수한 성적
을 유지하길 바라면서도, 밤늦게 책상에 앉아있으면 허약한 규
원을 위해주는 듯 쫓아와 어서 자라고 수도 없이 다그쳤다. 그
래도 듣지 않으면 아침에 일어나 규원의 뺨을 사정없이 갈겼다.

오로지 자녀를 건강하게 만드는 것, 그것만이 최선의 교육
이라고 믿는 사람이었다. 그런 아버지를 어머니는 남들 앞에서
언제나 추켜세웠다. 딸인 규원은 알고 있었다. 아버지는 어머
니의 지혜를 절대로 따라갈 수 없다는 걸. 어머니가 아버지보
다 훨씬 우월하다는 것을.

규원이 초등학교에 갓 입학한 무렵이었다. 어머니 심부름으로 집에서 1킬로미터쯤 떨어진 시장에서 참기름을 사와야 했다. 가게 주인과 친했던 어머니는 가까운 시장을 두고도 늘 거리가 두 배나 먼 그 집에서 참기름을 사왔다. 예쁘장한 얼굴과[6] 음전한 외모를 한 참기름집 여자였다. 그녀는 반갑게 맞아주며 이런저런 얘기를 했고, 먼저 와 있던 손님이 누구 딸이냐고 규원을 가리키며 물었다. 그때 규원은 보고야 말았다. 은밀한 표정으로 소리 나지 않게 말하고 있던 그 여자의 입을. 침을 뱉듯 입을 오므려 발음하고 있던 여자의 그 입술을.

집에 돌아온 규원이 천진스레 그 이야기를 늘어놓자, 외할머니는 발끈하며 소리쳤다.

"네 엄마는 꼽추가 아니다! 어릴 때 소아마비에 걸려서 그렇다. 외국인 의사가 발뒤꿈치를 잘라내면 나을 수 있다 했지. 그런데 네 외할아버지가 노발대발하며 말렸다. 그래서 균이 등에까지 올라온 거야. 그러니까, 너의 엄마는 꼽추가 아니고 소아마비인 거다!"

무섭도록 단호한 표정과 매서운 말투. 외할머니에게선 어느 누구도 내 자식을 함부로 할 수 없다는, 강한 결의와 오기가 빛었을 독기가 뿜어져 나왔다. 누군가는 그 독이 든 가시에 찔리고, 또 누군가는 그 독 때문에 치명적인 상처를 입지 않았을까. 모성애의 독은 자칫 심각한 전염성을 지닌 모종의 바이러스와도 같았다.

"너의 어머닌 안 오셨니?"

학부모회 날, 어머니가 참석지 않으리란 걸 알면서도 묘한 미소를 짓고 물어보던 친구 어머니들. 크고 작은 행사를 앞두고 그녀들은 수시로 학교에 드나들었다. 이따금씩, 그녀들이 다녀간 다음 규원의 앞에서 지어보이던 교장 선생님과 담임 선생님의 난감한 표정. 그것이 어머니와 상관있었다는 걸 그때는 눈치채지 못했다.

졸업할 때까지 내리 반장을 했어도 어머니는 한 번도 학교에 오지 않았다. 학예회와 운동회엔 외할머니가, 입학식과 졸업식 땐 아버지가 참석했다. 그렇지만 규원에게 만족스러웠던 적은 단 한 번도 없었다. 규원은 아직도 동의할 수 없지만, 어머니는 자신이 학교에 나타나지 않는 것이 자식을 위하는 거라고 믿었다.

참기름집 일이 있고부터 규원은 어머니가 가는 곳이면 어디든지 따라다녔다. 행여 누군가가 침을 뱉는 것 같은 비속어를 그녀에게 날릴까 봐, 두 눈을 부릅뜨고 지켜보았다. 어머니가 아플 땐 밤새도록 그녀 등을 쓰다듬으며 잠들었고, 또래 애들처럼 인형이나 장난감을 사달라고 조르는 따위는 해보지도 않았다. 규원은 자신이 해야 할 일이 뭔지를 명확히 알았고, 그걸 스스로 찾아내어서 하는 아이였다. 어머니는 그런 규원을 두고 '입댈 것이 없는 아이'라고 했지만, 규원은 어린 시절에 이미 그렇게 늙어버렸다.

규원은 어느새 병원 앞에 와 있다는 걸 알고는 몸서리쳤다. 꿈을 꾸고 있는 것만 같았다. 달아나고 또 달아나도 제자리에만 머물러 있다거나, 자신의 뒷덜미를 홱 낚아채려는 자의 눈동자를 보게 되는 두려움, 그런 악몽에서 깨어나지 못하는 것 말이다.

사흘째 어머니의 수면 상태가 계속되고 있다. 아버지가 찾아가도 눈을 마주치지 못하고 가면 같은 얼굴로 줄곧 잠만 잔다.

때로는 우는 아이 같은 표정을 짓고, 손사래 치듯 쫙 편 손은 거수경례하는 것처럼 이마 위에 얹어져 있다. 하 벌린 입과 찡 그려 감은 눈이 마치 항복을 선언하고 동정을 호소하는 포로병의 얼굴이 되게 한다. 그것은 일종의 삶에의 집착 같은 것이랄까, 상대가 자신을 결코 외면하지 못하도록 만드는 호소력 짙은 표정이다. 그런 그녀의 모습은 익숙한 감정을 불러일으킨다.

가족들은 어머니의 그 표정 앞에서 늘 긴장을 해제했다. 그러고 나면 그녀는 매번 남편과 자식들을 조종하려 들었다. 일상의 소소한 것들부터 직장이나 학교에서의 큰 문제에 이르기까지, 어떻게 처리하고 대처할지를 일일이 가르치려 했다. 이따금 자식들이나 남편이 자신의 의견을 완강히 주장하거나 가장으로서의 권위를 내세우려고 애썼다. 그럼에도 그들은 번번이 그녀의 판단이 옳았다는 걸 인정할 수밖에 없었다. 그녀는 슬기로웠고 설득력이 뛰어난 여자였다.

"어쩌면 그렇게 노래를 잘 불러요. 당신 목소리는 참 감미로워요."

"당신 글씨는 일류 서예가 못지않아요."

"당신이 청소하고 나면 온 집안이 반짝거려요."

어머니는 고무적인 칭찬들을 아끼지 않았고, 그럴 때마다 아버지는 칭찬 의도를 알면서도 으쓱해져서 더 열심히 그 일을 했다. 그런 식으로 그들은 그녀에게 길들어져갔다. 하지만 아버지에게 말년의 아내란 한낱 살아있는 짐짝에 불과한 사람이었다. 그는 하반신이 마비되고 실명해가는 아내의 눈과 다리가 되어야 했다. 그녀를 휠체어에 태워 병원에 다니고 산책을 시켰으며, 음식을 떠먹이고 씻겨주었다. 유치도뇨관을 통해 배출된 오줌을 비운 뒤 상처를 소독하고, 돌덩이처럼 딱딱해진 변을 파내는 것까지, 몽땅 그가 감내해야 할 일들이었다.

아버지는 끝을 보이지 않고 이어지는 인연의 고리를 더러는 송두리째 끊어내 버리고 싶지 않았을까. 어머니가 규원에게 처음으로 아버지 부양을 책임 지우려할 때 규원은 보았다. 그때까지 한 번도 본 적 없었던 분노와 환멸로 일그러진 그녀 얼굴을. 규원은 앞뒤 정황을 듣지 않고도 알 수 있었다. 그녀에게 절대로 해서는 안 될 어떤 말이나 행동이 그녀에게 가해졌다는 것을. 규원의 눈에는 화를 억누르지 못해 그녀 목을 조르는 난폭한 그의 손이 보이고, 자존심이 심하게 손상된 그가 바짝 약이 올라 내뱉었을 신체에 대한 비속어가 들려왔다. 그것들은 단연코 한 번도 본 적이 없는 광경이었지만, 이미 오래전부터

예정돼 있었던 장면이기도 했다.

"당신은 나보다 더 오래 살아야 돼요. 내 초상을 당신이 치러야지."

어머니가 아버지에게 종종 한 말이었다. 그때마다 아버지는 통속극의 한 대사처럼 읊조렸다.

"싫다. 우린 손 꼭 잡고, 같은 날 같은 시간에 저승길 가야 된다!"

그랬음에도 어머니는 모든 이들이 예상했던 것보다 훨씬 오래 살았다. 그리고 아버지는 그녀에게 수도 없이 했던 그 약속을 끝내 지키지 못했다. 규원은 그의 맹세가 너무나 확고해보여서 부모님이 정말로 함께 돌아가실 줄로만 알았다.

어떤 이들은 말했다. 그녀가 너무 오래 산 거라고.

부음을 듣고 찾아온 친척들과 지인들은 그 말을 규원에게 위로처럼 던졌다. 그들 중 대부분은 그녀에게 손을 내밀던 사람들이었다.

궁핍함을 면치 못했던 그녀 조부 집안에 둘째 아들이 자수성가하게 되었다. 그러자 양가의 온갖 친척들이 몰려와 그 아들에게 의지하려들었다. 그들을 내치지 않고 모두 돌봐주었던 이가 그녀의 아버지였으며 그녀의 어머니였다. 그녀의 아버지가 운명하자 네 자녀들 중 한 명이 또 그 호주(戶主) 역을 도맡았는데, 그 사람이 바로 그녀, 규원의 어머니였다.

비록 그녀의 말년이 조금 추루해 보이긴 했지만, 또 측은한 그녀의 모습만 기억하는 이들도 있겠지만, 친인척들 중 그녀의 도움을 받지 않은 사람은 거의 없었다. 자녀의 등록금이 절박하거나 병원비나 집세, 혹은 은행 빚에 쪼들리는 사람들이 거듭해서 그녀를 찾았다. 때로는 농사짓는 인척이 논 살 돈을 구해갔고, 실의에 빠진 이들은 그녀에게서 위로와 용기를 얻어갔다.

얼굴이 희고 조용한 계집아이는 언제나 그녀 옆에 붙어있었다. 그리곤 자신의 어머니를 찾아온 그들이 그녀에게 어떤 어려움을 호소하고 도움을 청하는지, 또 그녀가 그것들을 어떻게 해결해나가는지를 낱낱이 지켜보았다. 몸이 불편한 가운데도 그들의 문제를 함께 해결하려 애쓰던 그녀. 규원은 어머니의 그런 모습들을 일찍부터 지켜보는 행운을 가질 수 있었던 것이다.

그녀는 하반신이 마비되고 실명해 방안을 기어다니면서도, 혈액이 돌지 않아 심장 근육이 괴사하기 직전까지도, 친척이나 지인들의 안부를 묻고 그들의 어려운 처지를 걱정했다.

종종 한 영화의 시퀀스처럼 규원의 머릿속을 스쳐 지나간다. 그 장면들의 주인공 주변에는 언제나 사람들로 북적이고 웃음소리가 끊이지 않는다. 봄날의 화사한 햇살이 툇마루에 둘러앉은 그들의 얼굴을 하나하나 조명해준다.

　　그러나 그들은 탈상하기가 무섭게 그녀를 망각해버렸다. 믿을 수 없게도, 의도적으로 그녀를 기억하지 않으려 하는 이들도 있었다. 그녀를 생각하면 자신의 비루했던 지난날이 떠오르거나, 육신이 멀쩡한 자신이 장애인인 그녀에게 도움을 간청했었다는 사실이 그들을 불편하게 만들었다.
　　아무리 오랜 시간 만났어도 그 사람을 잊는 건 순식간이었다. 죽는다는 건 호흡이 멈춘 것만을 말하는 게 아니었다. 누군가에게서 잊혀져가는 것, 그 잊힘이 곧 죽음이었다.

　　규원은 불현듯, 무감해져가는 자신에게서 이제 더 이상 그녀를 죽게 할 순 없다는 생각이 들었다. 망각의 늪에서 속히 그녀를 끄집어내야 할 일이었다. 그리하여 자신의 눈이 그녀를 보고 자신의 귀가 그녀의 음성을 들어, 자신의 입에서 멈추지 않고 그녀가 흘러나오게 해야 할 터였다. 햇빛을 보고 터뜨리는 오래된 청동 종소리처럼.

1 명목(瞑目) : 멱목(幎目), 멱묘라고도 한다. 주검의 얼굴을 가리기 위한 것으로 검은색 비단에 자주색 날 명주를 쓰기도 하고, 푸른색 비단에 붉은 날 명주를 쓰기도 한다. 크기는 사방 한 자 한 치에서 한 자 세 치(약33~39cm) 안팎의 네모난 꼴로 만든다. 사각을 댄 날 명주의 띠 두 가닥을 펴서 뒤에서 이를 맺는데, 이때 띠는 명목의 양쪽 귀나 네 귀에 단다. 겉감과 안감을 흰색으로 하거나 겉감은 검은색, 안감은 남색 또는 붉은색으로도 한다. 관습에 따라 남성의 경우는 안감을 남색으로, 여성의 경우는 안감을 다홍색으로 한다. (문화원형 용어사전)

2 악수(幄手) : 주검의 손을 싸기 위한 것으로 푸른 비단에 붉은 날 명주를 쓴다. 길이는 한 자 두 치, 너비는 다섯 치이다. 자주색 날 명주의 띠 두 가닥을 양 귀에 달아 펴서 손바닥 뒤에서 이를 맺는다. 겉감과 안감을 흰색으로 하거나 겉감은 남색 또는 검은색, 안감은 자주색 혹은 붉은색으로도 한다. (문화원형 용어사전)

3 명정(銘旌) : 죽은 사람의 관직과 성씨 따위를 적은 기. 일정한 크기의 긴 천에 보통 다홍 바탕에 흰 글씨로 쓰며, 장사 지낼 때 상여 앞에서 들고 간 뒤에 널 위에 펴 묻는다. (표준국어대사전)

4 반함(飯含) : 염습할 때 죽은 사람의 입 속에 구슬과 쌀을 물리는 일. (표준국어대사전)

5 토드히도 : Todd Hido. 미국 사진작가로 미국 교외 지역의 주택과 밤 풍경 사진으로 잘 알려져 있다. 〈House Hunting〉 2011년 출간, 2019년 재출간. 〈Outskirts〉 2002년 출간, 2021년 리마스터링 버전 출간. 전등의 불빛이나 텔레비전의 빛을 통해 누군가가 살고 있다는 것을 짐작할 수 있는 외관의 모습부터 압류되어 아무도 살지 않는 주택의 내부 모습까지, 평범하게 지나칠 수 있는 미국 교외지역에 있는 익명의

집들이 사진에 담겨있다. (『Outskirts』)

6 음전 : 말이나 행동이 곱고 우아함. 또는 얌전하고 점잖음. (표준국어
사전)

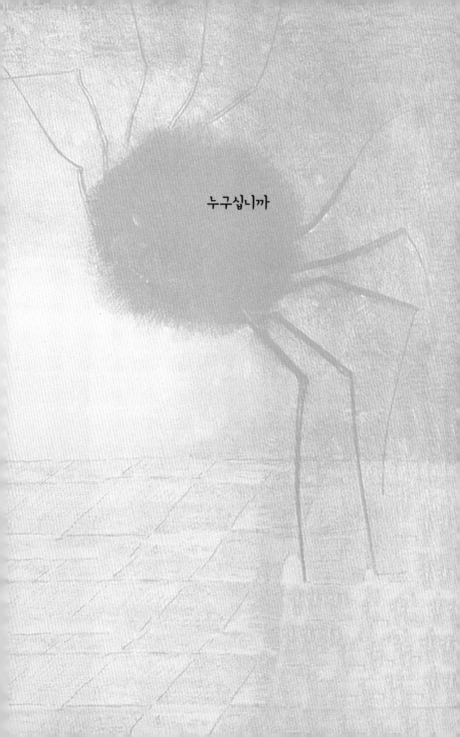

"그걸 [1]비백(飛白)이라고 하는 거야!"

어디선가 차가운 바람을 타고 그의 음성이 메아리쳐와. 바다는 몸을 들썩이며 제 모습을 드러내고, 하늘엔 먹물을 풀어놓은 것 같은 깊은 검음만이 천공을 채우고 있을 뿐이야. 그 어둠 속에 손바닥만 한 구름 한 조각이 떠 있는 것이 보여. [2]되와새기 같은 흰 구름은 어디론가 유유히 흘러가고 있는 중이지. 여유로운 그 모습은 마치 어린아이가 되어버린 그의 얼굴처럼 한없이 순진하게만 보여.

*

"아버지, 이렇게 문을 꼭꼭 닫아놓으면 답답하지 않으세요? 전 숨이 콱 막혀요. 창문도 제발 좀 꽉 닫지 마세요. 화초들도 바람을 쐐야지요."

방문을 열자 그의 등이 보여. 그의 뒷모습은 수도꼭지를 연상시키지. 아무리 잠가도 물이 똑똑 떨어지는 수도꼭지. 수도꼭지가 엉덩이를 문지르며 움직임을 반복해. 기우뚱거릴 때마다 저장된 기록들은 하나씩 사라져가지. 망각이 목적인 양 잊힘이 소명인 양 그렇게 자취를 감춰.

벽에 기대어 선 네가 열린 문을 노크하자 천진스런 얼굴이 뒤돌아봐. 돋보기 너머의 시선은 정확히 어디를 향한 것인지 알 수가 없어. 너를 통과한 어느 지점에 초점이 맞춰져있으리라 짐작할 뿐이야. 망각이 온통 그를 지배하는 순간이지. 누구냐고 묻는 질문마저도 잊어버린 채.

"뭘 하십니까, 문 선생님?"

"아 예, 약을 재조(再造)하고 있습니다. 병원 갔다 왔거든요."

그는 평소 습관대로 머리를 조아리듯 공손하게 대답을 해. 그리곤 하던 일을 다시 하기 위해 몸을 돌리지. 곧 그의 손은 멈춰진 채 갈피를 잃고 말아. 넌 그가 방금 하던 작업에 혼란이 생겼다는 걸 금세 알아차리지. 얼른 방안으로 들어가 그의 옆에 쭈그리고 앉으며 얘기해.

"아이고 문 선생님, 뭐 하러 이렇게 고생하십니까. 받아온 그대로 드시면 되지요."

"아, 안 됩니다. 약이 많아 주머니가 불룩해집니다."

"주머니가 불룩하면 어떻습니까."

"그럼 보기 싫습니다. 먹을 때도 불편합니다."

그와 소통하려면 약간의 쇼맨십이 필요해. 이따금 널 알아보지 못하는 그와 대화할 적절한 화법 말이야. 그는 한 달에 한 번씩 종합병원으로 가 세 과에서 진료를 받지. 호흡기 내과와 심혈관 내과, 정신건강의학과에서 한 달분씩 처방받은 약은 늘 한 보따리야. 집에 돌아오면 그는 그것들을 일일이 개봉해서 세 개의 약봉지를 한 봉지로 개조(改造)하는 작업에 착수하지. 그렇게 분류하고 재조해서 하나로 합쳐지면 그 다음엔 일일이 노란 고무줄로 동여매. 그리고 나면 개조한 한 개의 약봉지가 면봉 네 개를 묶어놓은 부피가 돼. 그때서야 비로소 그의 얼굴에 흡족한 미소가 번지지.

그는 이 일을 재조하는 거라고 표현해. 2주일 분량의 개조된 약봉지들은 이미 도시락만한 곽 하나를 채웠어. 그의 앞에는 버릴 약봉지들과 재조되지 않은 개봉된 약봉지들, 아직 뜯지 않은 온전한 약봉지들이 여기저기 널려있어. 넌 처음에는 잘 봉해진 약들을 왜 굳이 끄집어내어 옮기려 하냐고 만류했지. 소용없었어. 뭔가를 하고 싶어지면 오로지 그것만 기억하고 있다가 기어이 하고야 마는 그였으니까. 그럴 땐 말리면 오히려 더한 집착을 보이기 마련이었지.

넌 퍼질러 앉아 그가 하는 걸 지켜보기로 작정해.

"문 선생님, 재조하는 게 재미있습니까?"

아무런 대답이 없어. 너무 열중한 나머지 이제 그의 귀엔 다른 사람의 말 따위는 들어오질 않아. 입을 앙다물고 눈을 부릅뜬 채 두 손만 분주하게 움직일 따름이야.

침대 위에는 이불이 보기 좋게 개어져 있어. 옷장에도 옷들이 흐트러짐 없이 잘 정리돼 있지. 그는 평소 결벽증이 심하달 만큼 정리정돈을 철저히 하는 사람이야. 방은 외관상으론 아무 문제가 없어 보여. 서랍을 열면 전에 없이, 옷장에 걸렸던 넥타

이들이 죄다 옷들 위에 얹어져 있을 거야. 그것도 노란 고무줄로 두 장씩 묶여 굴비세트처럼 나란히 놓인 것을 보게 돼. 그는 전부터 툭하면 노란 고무줄로 물건들을 묶어놓았지. 이제 넌 그의 약 상자나 수첩과 메모지, 심지어 주머니 속에 넣고 다니는 휴지 뭉치조차도 노란 고무줄로 칭칭 감긴 걸 보게 돼. 절대로 흩어지지 않을 것들─서랍 속에 세워둔 상자 속 물건들까지도.

"뭐 하러 그렇게 고무줄로 꽁꽁 묶어놓으세요?"

언젠가 네가 그 까닭을 물어봤을 때, 그는 그래야 안심이 된다고 말했지. 그리곤 반문했어.

"그러면 흩어지지 않고 달아나지도 않아 좋잖아?"

일정한 간격으로 걸려있는 옷걸이의 구김살 없는 옷들. 뜯지 않은 선물상자 속의 것처럼 깔끔히 접혀진 양말과 내의. 자로 잰 듯이 질서정연하게 머릿장안팎을 채우고 있는 소지품들. 넌 그런 것들을 보면 목구멍에 솜뭉치가 콱 틀어박히는 느낌이 들어.

그의 폐쇄성이 갈수록 심해지고 있어. 방문을 죄다 닫고 베란다 창들도 모조리 닫아버려 환기를 시킬 수가 없어. 집 안에

밴 악취는 숨을 쉴 수 없게 만들지. 몇 차례의 주의에도 아랑곳없이 고무줄로 감긴 물건들이 늘어만 가. 냄비들은 모조리 새까맣게 타버렸고, 그의 이불들은 몽땅 두 채씩 겹쳐진 채 꿰매져있어.

네가 장을 봐 오자 대문이 잠겨져있지 않아. 대문 잠금장치는 디지털 도어락 대신 수동식 열쇠를 사용하는 중이지. 텔레비전은 혼자 떠들고 있고 욕실바닥엔 까만 얼룩이 여기저기 묻어있어. 네가 얼룩을 닦으려고 보니 맙소사, 그건 얼룩이 아니라 펜으로 그려놓은 그림이야. 그가 여자 얼굴 그림을 또 타일 바닥에다 그려놓은 거야. 지난주에도 욕실 바닥에 그림이 그려져 있었지. 넌 설마하며 그에게 아버지가 그린 거냐고 물었어. 그러자 그는 뽐내듯이 네게 되물었지.

"그림이 예쁘지 않아?"

넌 심란해지기 시작해. 그 그림의 여자가 도대체 누굴까. 죽은 아내가 생각나 어머니의 얼굴을 그린 걸까. 또다시 꿈속에서 어머니를 봤던 걸까. 바닥을 자세히 보면 타일 자체의 무늬가 어떤 생김새를 띤 것 같기도 해. 그것이 그의 호기심을 자극했을 거라고 넌 짐작하지.

"누구십니까?"

처음엔 농담인 줄 알았어. 널 낯선 사람 대하듯 쳐다보는 그의 무감한 눈길에 네 심장은 쿵하고 내려앉았지. 네가 누구냐니. 처음 그 말을 들었을 때의 당혹감이라니!

섬망 중세가 심해진 그는 잠자면서 쫓기는 듯 숨을 헐떡거리거나 알아들을 수 없는 단어들을 절박하게 내지르지. 때로는 대화하듯 웅얼거리다가 자식들의 이름을 외쳐 부르기도 해. 잠에서 깨어나면 시간대를 구별하지 못하는 횟수도 늘고 있어. 무엇보다 널 알아보지도 못하는 그가 널 더 겁먹게 만들지.

점점 더, 그의 눈길은 너를 통과한 먼 곳을 보며 누구냐고 질문을 던져. 그러다가 한 번씩 한동안의 침묵 속에서 깨어나곤 했어. 갈수록 혼자만의 세계에 고립되어 갔지. 불안해진 넌 매일 그에게 많이 걸으라고 당부해. 그러면 그는 자신이 걷는 것을 얼마나 중요하게 여기는지, 얼마만큼 걷는지에 대해 널 이해시키려고 애써. 넌 알고 있어. 그가 걷는 걸 얼마나 버거워하고 있는가를.

언젠가부터 외출에서 돌아온 그가 방으로 곧장 들어가고, 그러고 나선 황급히 욕실로 향했어. 그런 뒤에는 세탁한 그의 팬티가 어김없이 빨래걸이에 널렸지. 이따금 그의 방 한구석에서 숨겨놓은 속옷을 찾아내기도 해. 가시지 않은 지린내와 절대로 지워지지 않을 변이 얼룩진 채로.

　규칙적이던 그의 외출시간도 점점 짧아지고 있어. 경로당과 복지관에 가는 것도 귀찮아할 때가 많아졌지. 그런 날엔 종일 방안에 누워 티비를 보거나 잠만 자. 이제 그는 외부의 어떤 것에도 신경쓰려하지 않지. 어느 누구도 그의 주목을 끌지 못하고, 어떤 것도 그에게 흥미를 불러일으키지 못해. 다만 자신의 유일한 아들, 그 혈육만이 그에게 약간의 기쁨을 안겨줄 수 있을 뿐이야. 일 년에 두세 차례만 잠시 들여다보는 그 아들의 방문이, 아들의 전화만이 그를 웃게 하고 큰 소리로 말하게 만들지.

　"이제 오빠가 아버지를 모셔야 하지 않겠어? 언제까지 나 몰라라하고 있을 거야."

　어머니 초상을 치르고도 아버지 부양의 조짐이 보이지 않자, 첫 기일을 앞두고 넌 네 오빠에게 이야기해. 그러자 그는 작정한 듯이 대꾸하지.

　"네 언니랑 이혼이나 하면 모를까, 그러면 내가 원룸이라도 얻어서 아버지를 모셔가든지, 그 이전에는 어쩔 수가 없어. 네가 아버지를 더 모셔야겠다."

　"뭐, 이혼을 해야 모실 수 있다고? 그게 지금 동생한테 할 소리야? 난 엄연히 내 시가가 있잖아. 내 입장 같은 건 생각도 안 해?"

넌 네 오빠에게 대체 아버지를 모실 마음이 있기나 한 거냐고 소리쳤지만, 곧 더 이상 얘기해봐야 소용없다는 걸 깨닫지. 그럼에도 불구하고 그는 아들의 방문을 기뻐하고, 아들의 전화만을 기다려. 아들 내외가 왔다 가고나면 사람들에게 아들이 사 온 거라며 과자를 나눠주고 즐거워해. 그런 날은 그의 처진 어깨가 올라가고 식욕도 왕성해지지.

"그림 그리고 싶으시면 여기다 그리세요."

처음에는 스케치북과 크레파스를 내밀며 아이를 달래듯이 얘기했어. 그런데 이번엔 새로운 얼굴 그림 두 개가 더 늘어난 거야.

"싫다! 저게 얼마나 재미있는데. 잘 그렸잖아!"

낙서를 지우자는 네 말에 발끈해서 그가 소리쳐. 그는 아직도 타일 바닥에다 그림 그리고 싶은 충동에 사로잡혀있어. 여차하면 바닥에 퍼질러 앉아 통곡이라도 할 태세야. 넌 고집스런 그의 얼굴과 욕실 바닥의 그림들을 번갈아 바라봐. 불현듯 사태의 심각성이 크게 느껴져. 넌 비로소 두려워지기 시작하지. 갈수록 잦아지는 그의 입원과 그때마다 눈에 띄게 악화되는 그의 건강상태. 이제 더는 집에서 그를 돌볼 수 없다는 생각이 쐐기처럼 네 머릿속을 파고들어. 무엇보다도 그를 냉대하는 남편 태도를 넌 더 이상 견뎌낼 자신이 없어져.

그의 방을 청소하러 들어가면 퀴퀴한 냄새가 코를 찌르지. 창문을 활짝 열어놔도 곰팡내와 마늘 냄새가 뒤섞인 악취는 좀체 사라지질 않아. 페브리즈를 뿌리고 방향제를 써도 잘 없어지지 않는 냄새야. 흐린 날엔 대문을 열면 현관에서부터 이 냄새가 진동을 해. 넌 그래서일지도 모른다고 생각하지. 귀가하는 남편태도에 변화가 생긴 것이.

"자네 오는가."

현관 가까운 방에 있는 그가 방문을 열고 사위에게 인사를 건네. 네 남편에게선 아무런 응답이 없어. 남편은 못들은 척하고 고개를 빳빳이 쳐든 채 그의 방 앞을 지나쳐버리지. 멋쩍어진 그가 살며시 방문을 닫아. 넌 그 장면을 목격하면서도 네 눈이 믿기지 않아. 남편같이 경우 바른 사람에게선 절대로 있을 수 없는 행동이었지. 몹시 당황했지만 남편이 회사에서 힘든 일이 있었나보다며 목구멍까지 올라온 말을 삼켜. 그런 일이 일주일씩이나 거듭되지.

"당신, 왜 아버지를 냉대해?"

"무슨 말이야?"

"왜 아버지를 투명인간 취급하냔 말이야!"

"내가 언제."

"사람이 인사를 하면 눈이라도 마주쳐야지, 왜 아무런 대꾸도 않고 그냥 지나쳐?"

남편은 네 눈을 마주치지 못하고 뭔가를 얘기하려다가 고개를 돌려버리지.

"당신, 아버지한테 그러는 거 노인 학대야!"

넌 다시 왜 그랬냐고 다그쳐.

"나도 모르게 그렇게 돼. 장인 어른과 마주치면 자꾸 화가 나. 화난 걸 숨기려다보니 그렇게 되는 거 같아."

"아버지 모시자고 먼저 말한 건 당신이었어."

"알아. 요즘 회사 일로 예민해져서 그런 모양이야."

그는 끝까지 미안하다는 말도, 이제부턴 안 그러겠단 말도 하지 않아. 넌 남편과의 대화를 더 이상 이어갈 수가 없어. 그가 엿듣게 될 게 분명해 얘기를 다음으로 미뤄야만 하지. 넌 남편을 신뢰해왔어. 남편은 이십여 년 전에 작고한 자기 아버지를 떠올리며 장인에게 세세한 것까지 신경 쓰고 챙겨주던 사람이었지. 장인이 요구하는 걸 일일이 들어주었고, 소파나 식탁에서도 자기가 앉던 자리를 주저 없이 내주기도 했어. 넌 그런 그가 장인을 냉대할 때는 그럴만한 이유가 있는 게 분명하다고 생각해. 회사 일에 큰 문제가 생긴 게 아니라면, 네가 모르는 아버지의 어떤 실수가 원인일는지도 모른다고 짐작해.

"³네블라이저 챙기셨어요?"

넌 대문을 열고 급히 나서려는 그를 불러 세워.

"흡입기 말예요."

그제야 알아듣고 그가 뒤돌아보며 점프 호주머니 속을 뒤져. 천식이 심한 그는 곧잘 숨이 차서 집을 나설 땐 기관지 흡입기를 지녀야만 하지.

"주머니에 있다."

"지팡이는요?"

대문을 열어젖힌 채 넌 그가 손수 지팡이를 찾을 수 있게 기다려. 그는 언제나 급했어. 자식들에게 무슨 일이든 빨리하라고 재촉했으며, 누군가와 약속을 하면 한참 전에 가 있거나, 예약된 일도 미리 마쳐놔야만 직성이 풀리는 사람이었지.

"절대로 빨리 걸으려 하지 말고 천천히 걸으세요, 네?"

"알았다."

"걷다가 숨차면 어디든 걸터앉아 쉬시고요."

넌 그에게 거듭 주의를 주고 다짐을 받으려고 해. 네 잔소리
가 성가셔진 그는 무조건 그러마고 고개를 주억거리지. 넌 여
전히 안심할 수가 없어. 걸음걸이가 유난히 빨랐던 그는 몸이
제 기능을 다하지 못하면서도, 누가 쫓아오기라도 한 듯 황급
히 발걸음을 뗐으니까. 그리곤 결국 몇 발짝 못 가고 멈춰 서야
만 했지. 그럴 때마다 숨이 끊어질 듯 그의 기관지는 쌕쌕 비상
벨을 울려대곤 했어.

넌 아직도 예닐곱 살 무렵의 등산하던 때를 잊지 못하지. 때
로는 그 장면들이 꿈에 나타나기도 해. 이른 새벽 그는 곧잘 널
깨워서 데리고 다녔어. 잠이 덜 깬 넌 눈을 부비며 억지로 따라
나섰지. 그가 네 걸음걸이에 맞춰준 적은 한 번도 없었어. 등산
로 입구에 이르면 아예 네 손을 놔버리고 앞장서서 가버리기
마련이었지. 그러면 저만치 가는 그를 놓치지 않으려고 안간힘
을 쓰며 따라 올라갔어. 넌 매번 그를 따라잡을 수 없었고, 올려
다보는 산은 시커먼 몸을 육중하게 곧추세우고 있었지.

어느새 그를 붙잡고 있는 왼팔이 저려 오기 시작해. 얼른 반
대쪽으로 자리를 바꿔 다시 팔짱을 껴. 탄력 잃은 팔의 얄팍한
부피가 다시 느껴져 넌 감은 팔에 더 힘을 주지. 용호만 부두에

들어서자 아침부터 낚싯대를 드리운 몇몇의 낚시꾼들이 보여. 그들의 뒷모습은 정박해 있는 배를 닮았어. 출항 예고가 없이 몇 주째 제자리에 머물러 있는 여객선이 그들 앞에서 졸고 있는 것처럼 보여.

곧 아버지와 넌 이기대 입구에 있는 '동생말'에 다다를 거야. 10월의 불꽃 축제날이면 남편과 함께 그를 동반해 그곳에서 불꽃 구경을 했지. 묵묵한 네 남편은 불꽃을 카메라에 담기 바빴고, 넌 그와 함께 고개를 치켜들고 아이처럼 탄성을 내질렀어. 두 쌍의 중년들 뒤로 파란 등산모를 쓴 노인이 계단을 내려오고 있네. 스틱을 짚고 걷는 노인의 표정이 그를 닮았다고 넌 생각해. 고령의 그들에게선 늘 공통점이 보이지. 웃음기 없는 시무룩한 표정, 마주 보는 이의 시선을 피해버리는 소심한 눈길, 긍정보다는 부정적인 생각이 더 지배적일 것 같은 어두운 안색 따위 말이야.

"네 엄마 만났다. 꿈을 꿨어."

벤치에 엉덩이를 들이밀며 그가 불현듯이 말해. 초상을 치른 뒤론 아내가 꿈에 통 나타나지 않는다며 푸념하던 그였지.

"재봉틀 앞에 앉아있었다. 썩 고왔어."

틀 일에 열중해 있는 꿈속의 그녀는 사십 대 중반의 얼굴이었다고 그가 말해. 곧 네 머릿속에 중학교 교복을 입은 너와 한복을 곱게 차려입은 어머니의 모습이 그려져. 어렸을 때의 넌 그녀가 손수 뜨개질하거나 지어준 옷을 입고 다녔지.

"수의더구나."

꿈속의 그녀가 만들고 있는 옷이 수의였다는 말에 넌 당황한 표정을 지어.

"물었다. 왜 그런 걸 만드느냐고. 고개를 들어 내 얼굴을 빤히 봐. 입고 갈려고 그러지요, 해."

들떠있던 그의 목소리가 잦아들다 울먹이는 소리로 변해. 화들짝 놀라 꿈을 깬 그는 너무나 허전해서 자신도 반짇고리를 꺼내어 바늘을 잡았다고 이야기해. 넌 섬뜩하면서도 아무렇지 않은 듯 웃으며 말하지.

"그래서 아버지도 엄마 따라 바느질하신 거예요?"

그는 자신도 바느질하면 그녀가 또다시 나타날 것만 같았다고, 그래서 밤새 바느질을 했노라고 말해. 예전에도 넌 바느질하는 어머니 옆에서 그가 양말 따위를 꿰매는 걸 본 적이 있었어. 바늘을 쥐고 한 땀 한 땀 꿰맬 때마다 아내 음성을 듣는 그의 모습을 상상해봐. 그리곤 요즘 그가 방안에서 바느질하는 횟수가 부쩍 많아졌다는 걸 기억해내지. 이제는 사람들을 만나지도 않고 그를 찾는 전화도 뜸해졌다는 것도. 그의 친구들은 이미 모두 망자가 됐고, 지인도 몇 명 남아있지 않았지.

"복지관에서 노래 부르기나 서예 등록하시는 거 어때요?"

"싫다. 그런 거 하고 싶지 않다."

"경로당에서 친하게 지내는 분들 계시잖아요. 그분들과 같이요."

"그 사람들과 할 말이 없어. 뭘 배우고 싶은 생각도 안 들어."

이쯤 되면 더 이상 이야기해봐야 소용없다는 걸 넌 잘 알지. 4년 전 그가 다시 붓을 잡게 하려고 고급 문방사우를 통째 구입했었어. 하지만 그것들이 사용됐던 적은 한 번도 없었지. 유려한 문장력은 제쳐놓고라도 그가 잡은 붓이나 펜 끝에서 탄생되던, 반듯하고 기품 있는 글씨를 이제 더는 구경할 수가 없게 된 거지. 무엇보다도 그 점이 넌 안타까운 거야.

"아버지 붓글씨가 얼마나 멋진데요. 전 아버지만큼 글씨 잘 쓰는 사람을 만나본 적이 없어요. 누구든 아버지 필체에 감탄했잖아요. 이젠 왜 통 붓을 안 잡으세요?"

어렸을 때 넌 붓글씨 쓰는 아버지 곁에 곧잘 앉아 있었어. 그는 서예에 푹 빠져 있던 시기였고, 넌 학교에서 막 붓글씨를 배우기 시작할 무렵이었지. 붓글씨를 쓰는 그의 옆에서 신문지에다 획 긋는 연습을 하고 있을 때였어. 4절 화선지에다 한자를 적고 있던 그가 갑자기 화선지 전지를 꺼내와 펼쳤어. 곧 벽에 걸린 붓들 중 제일 큰 붓을 집어 들었지. 검정색 붓털이 하나로 묶은 너의 머리숱보다도 더 풍성했어.

그는 먹물을 넉넉하게 만든 다음 붓을 흠뻑 적셨어. 화선지 위에 검은 먹물이 척 내려앉았지. 종이를 쓸고 가는 붓끝이 싸악 싹 비질하는 소리를 내며 웅혼한 필체를 만들어갔어. 검은 글씨가 흡사 흑룡으로 변해 꿈틀거리는 것만 같았지. 그 매혹적인 글씨보다도 더 네 눈길을 끄는 것이 있었어. 까만 글씨 속에 숨어있는 작고 흰 여백들. 그것들은 어둠 속에서 빛을 발하는 반딧불처럼, 제각기 글씨에 생기를 불어넣고 있었지. 갈라진 붓끝이 만들어내는 또 하나의 백(白)의 미학이었어. 네가 넋을 놓고 바라보고 있자 붓을 내려놓으면서 그가 말했지.

"그걸 비백(飛白)이라고 하는 거야."

붓글씨를 쓰던 그의 모습은 생생하게 네 기억 속에 저장돼있어. 세잔의 '카드놀이 하는 사람들' 같은 그런 그림으로. 누군가가 네게 가장 행복했던 때가 언제냐고 묻는다면 넌, 아버지와 나란히 앉아 붓글씨를 쓰던 그 장면을 제일 먼저 떠올릴 거야.

"쓰기 싫다. 이젠 귀찮아."

"정 그러시면 노래 교실에라도 다니시든가요. 엄마가 아버지 노래를 얼마나 좋아하셨어요. 사람들도 다요."

"복지관에 있는 노래교실 가봤다. 여자들뿐이야. 노래하는 것도 안 내켜."

그는 노래 부를 때 입을 크게 벌리지 않았지. 마지못해 부르듯 입술만 달싹거렸어. 그렇지만 묘하게도 그의 노래는 가락이 구성졌고 구수한 음색을 띠고 있었지. 완전히 힘을 빼고 부르는 노래, 그 노랫소리는 듣는 사람 모두를 빠져들게 만들었어.

그는 아내와 사별한 후 모든 의욕을 상실해버린 것처럼 보였지. 청소하길 좋아했고 요리도 곧잘 하던 그였어. 아내가 하는 일 거의 대부분을 함께하거나 도맡아하기도 한 곰살갑던 가장이었지.

"청소하는 게 귀찮고, 음식 만드는 건 더 싫어졌어. 네 엄마가 살아있을 때야 살림살이도 하고 네 엄마 수발도 들었다만. 이젠 그런 것들이 다 싫어지는구나."

아내의 사십구재를 마치고 눈물을 내비치던 그가 한 말이었어. 그 뒤로 청소하는 그의 모습을 보기 어려워졌고, 흥얼거리며 주방에서 일하던 모습도 사라졌지.

넌 한 솥 쪄 낸 고구마를 쟁반에 소담스레 담아. 복지관에서 점심을 먹으면 곧장 돌아오는 그였지만 집에 들어서기가 무섭게 간식을 찾지. 네겐 그의 음식 만드는 일이 제일 큰 과제야. 그의 미각은 옷에 대한 감각만큼이나 까다로워. 매일 새로운 반찬을 원했고 입맛을 잃고부터는 달거나 짠 음식만 찾았어. 그렇지만 된장찌개만큼은 싫증내지 않고 반기는 유일한 요리야. 넌 냉동고에서 꽃게를 꺼내놓고, 된장찌개에 필요한 다시국물부터 만들어. 적당한 두께로 자른 무와 다시마를 냄비에 넣고, 손질한 멸치와 황태가 담긴 거름망에 말린 표고버섯 줄기와 양파를 집어넣어.

"된장찌개엔 꽃게가 들어가야 맛있어."

된장찌개에 방아 잎을 넣지 않으면 안 먹던 그가 얼마 전부턴 꽃게를 넣은 된장찌개만 찾아. 사위가 방아 잎 냄새를 싫어한다는 걸 알고 나서부터였지.

"난 이렇게 냄새 나는 거 싫다니까!"

부엌에 들어선 네 남편은 인상을 쓰며 코를 감싸 쥐어. 그와 남편은 식성부터가 다르지. 그는 된장을 듬뿍 푼 걸쭉한 시골 된장찌개를 좋아하지만, 네 남편은 국이나 찌개 모두 맑은

국물을 원하지. 또, 그는 건더기가 많은 걸 좋아하지만 남편은
그와 달리 건더기 있는 걸 싫어해.

　고등어구이를 좋아하던 네 남편이 얼마 전부터는 고등어뿐
만 아니라 생선 일체를 거부하기 시작했어.

　"아, 이 비린내! 또 생선이야?"

　남편은 대문에 들어서기가 무섭게 냄새 타령을 해. 비린내
가 잘 나지 않는 조기구이인데도, 밀쳐놓고는 몇 술 뜨지 않고
수저를 내려놓지.

　"전에는 잘 먹었잖아."

　넌 불쾌한 감정을 애써 누르며 더 먹으라고 권해. 생선을 좋
아하는 아버지에게 매일 조기를 구워주는 것이 남편 눈에 거슬
렸을 거란 걸 어렵잖게 짐작하지. '아버지가 싫은 거야, 생선이
싫은 거야?' 입안에서 튀어나오려는 말을 간신히 삼켜.

　"아, 또 화분에 물 줬잖아!"

　베란다로 나간 남편이 신경질적으로 소리 질러. 남편이 가
꾸는 난초 화분에다 그가 또 물을 준 거야.

　"말라비틀어지더라도 그냥 내버려 두세요. 화분에 물주는
건 주던 사람이 줘야지 관리가 제대로 되지요."

　너의 당부에 그러마고 했지만 그는 그새 또 잊어버린 거야.

난초가 말랐다고 여긴 그가 자기도 모르게 화분에 물을 줘버린 거지. 화분 물받이 밖으로 물이 흘러나온 걸 본 남편은 끝내 폭발하고 말아.

"내가 화분에 물 주지 마라고 했잖아!"

"화초라도 아버지가 좀 돌보시게 놔두지, 당신은 어쩜 그런 정도도 이해 못해!"

"못하겠어. 더 이상 못 참겠다고!"

너도 참지 못하고 덩달아 소리치지.

"그게 뭐라고 그렇게까지 야단이야. 까짓 난초 좀 죽으면 어때. 그게 사람보다도 더 중요한 거야?"

"그래, 나한텐 난초가 중요해! 내가 내 집에서 화초도 내 마음대로 못 키워? 내가 싫다는 짓을 왜 자꾸 하냔 말이야. 제발 나도 내 마음대로 좀 하고 살자고!"

남편은 악을 쓰며 들고 있던 물뿌리개를 힘껏 내동댕이쳐. 자신이 가장 아끼는 난초 화분이 박살나버리는 순간이지. 쓰러져 참담한 모습으로 제 뿌리를 드러내고 있는 난초를 그는 꼼짝 않고 서서 내려다봐.

"어디 가시려고요?"

"경로당에 가야지."

낮에 잠들었던 아버지를 저녁 식사 하라고 깨우면 그는 외출복 차림으로 나왔어. 아침인 줄로 착각한 거지. 어떤 때는 외출했다가 서둘러 귀가하는 네게 낮잠에서 깨어난 그가 말해.

"밥도 안 주고 어딜 갔다 오는 거냐!"

"아직 5시도 안 됐는데 벌써 저녁 드시게요?"

"아침 아니냐?"

문제는 그런 횟수가 갈수록 잦아지고 있다는 점이야.

넌 그가 잠들기 전에 전쟁 이야기를 들려달라고 청해. 전쟁터에서의 일은 언제나 생생하게 기억해냈으니까. 방금 들었던 것도 곧잘 잊어먹는 그였기에 전쟁이야기를 할 때마다 넌 그를 신기하게 바라보지. 그가 우울해있을 때면 전쟁이야기를 더 많이 해달라고 주문해. 그러면 그의 눈은 회한에 젖어들었다가도 금세 빛을 띠고 목소리도 또렷해지지.

"미 공군 B29 폭격기가 포탄을 투하하고, 미 제트기들이 공격했어. 적이 소탕되고 잔당들은 북쪽으로 후퇴하는 중이었지. 우리 대원 여덟 명은 선임하사관과 스리코터를 타고 함경북도 길주의 한 들판으로 들어갔어. 그때 갑자기 인민군들이 사격을 하면서 진격해왔지. 우린 일제히 옆에 있는 웅덩이 속으로 뛰어들었어. B29 포탄이 떨어져 생긴 큰 웅덩이였지. 빗물이 가득 차있었어. 때문에 M1 소총총구에 뻘이 들어갔어. 쐈더니 불발이야. 얼른 옆에 죽어있는 아군 총을 들고 다시 쐈지…"

그의 목소리가 작아지다 잠잠해져. 넌 방을 나오려다 말고 서랍장 위에 다소곳이 놓인 액자를 들여다봐. 오십대 후반이었을 사진 속의 여자는 연보라색에 흰 꽃무늬 저고리를 입고 있어. 꼭 다문 입이 조금쯤 엄격해 보이기도 하지만 눈은 웃음기를 살짝 머금었지. 얼마 전까지만 해도 그는 외출했다. 돌아오면 사진 속의 여자에게 하루 일과를 얘기했어.

"오늘은 새 회색 잠바와 새 바지를 입었어. 어제 규원이가 사준거야. 당신이 좋아하던 빨간 줄무늬 남방 위에 입었지. 윤 선생이 멋지다더군. 그 사람은 아들하고만 살아서 그런지 맨날 똑같은 옷만 입어. 오늘 점심은 뭘 먹었냐고? 삼계탕이 나왔어. 구청에서 대접하는 거라며 직원이 와 인사하대. 요샌 복지관음식도 전 같잖아. 혈압이 높아지네 어쩌네 하면서 싱겁게만 해. 그래서 호주머니에 이렇게 소금을 넣어 다니지. 경로당에서 걸어오다 벤치에 한참을 앉아있었어. 하늘이 참 파랬지. 은행나무 밑에 낙엽이 제법 쌓여있더구먼…"

이때가 하루 중 그의 기억이 가장 온전한 시간이야. 그런데 어느 날 그는 사진이 보이지 않게 액자를 엎어놓았어. 네가 그 이유를 묻자, 불쾌해진 음성으로 그가 말했지.

"혼자만 가버려서 이젠 밉다!"

"덥지 않으세요. 출발할 때까지 만이라도 재킷은 좀 벗고 계세요."

괜찮다고 하는 그의 이마에 땀이 배어있어. 보훈처에서 6·25참전 유공자들에게 위로연을 열어주는 날이야. 행사가 11시 시작인데도 그는 아침 일찍 일어나 단장하고 거실을 서성이고 있어. 감색 정복의 재킷에는 유공자 배지를 달고 '6·25참전 유공자'가 수놓인 흰색 챙 모자를 썼어. 거기에다 별 모양의 황금색 메달까지 목에 건 그는 영락없이 소풍가는 어린아이야. 으스대며 거울에 비춰보고 있는 그를 보자, 네 입에선 웃음과 한숨이 동시에 새나와. 굳이 메달까지 걸고 갈 필요가 없을 테지만, 지금 그를 한껏 우쭐대게 하는 건 바로 그 메달이란 걸 넌 알지.

"와~ 멋진데요, 문 선생님! 그렇게 좋으세요?"

멋지다는 말에 기분이 더 좋아진 그는 모처럼 활짝 웃는 얼굴이야. 넌 그가 틀림없이 자신을 군복 입은 스무 살 청년으로 착각하고 있을 거란 걸 알지. 그의 혼모(昏耄)한 정신을 지탱시키고 있는 건, 혈육의 끈끈한 정이 아닐지도 모른다고 생각해. 그건 어쩌면 빗발치는 총탄을 뚫고나가지 못하면 살 수 없었던, 전쟁터에서의 절박했던 순간의 기억들 때문일 거라고 짐작하지.

네가 어렸을 때 그는 툭하면 허리와 다리를 안마시켰어. 비 오는 날이면 그의 통증은 극심해져서 몇 시간이고 계속 안마하게 만들었지. 끙끙 앓던 그가 나중에는 종아리부터 등허리까지 밟아달라고 호소했어. 마지못해 응하던 너의 남매는 고학년이 되면서부터 없던 숙제를 핑계 대며 달아나버리기 바빴지. 그럴 때면 그는 또다시 통증의 내막을 늘어놓았어.

"북진하며 강원도 묵호 근처에서 잠시 휴식할 때였지. 저만치에 손가락 굵기만 한 더덕 대 하나가 올라온 게 보이는 거라. 그래서 뽑아보니 무 만한 더덕이 나오질 않겠어. 하도 신기해서 차고 있던 대검으로 잘랐지. 그러자 석류 색 같은 빨간 즙이 흘러나오는 거라. 허겁지겁 마셨지. 그런데 그게 날 지옥에 빠트리게 할 줄 어떻게 알았겠냐. 오래된 더덕즙은 독한 술보다도 더 취하게 만든다는 것을. 정신을 못 차리고 취해 있던 난 선임하사관에게 끌려가 죽도록 얻어맞고 또 맞았어. 이러다간 싸우다 죽는 게 아니라 맞아서 죽겠구나 싶었다. 이게 다 그때의 후유증이야. 총탄이 철모를 뚫고 들어올 때처럼 엎드려서 기도했지. 아버지 어머니, 제발 이 자식 좀 살려 주십시오! 하고."

"문두회 어르신 따님이시죠. 병원으로 오셔야겠습니다. 아무래도 어르신이 오늘을 못 넘길 것 같아요."

잠은 달아났지만 네 몸은 깊은 구렁 속으로 빠져드는 것만 같아. 전화가 걸려온 건 하늘이 어둠을 벗어던지기도 전의 이른 새벽. 산소마스크를 쓴 그의 얼굴은 놀라울 정도로 환해. 평소보다 훨씬 희고 깨끗한 얼굴이야. 너무 야윈 데다 틀니를 빼놓아 양 볼은 움푹 꺼져 있지. 반쯤 감겨진 눈은 어딘가를 응시하는 것 같기도 하고 혹은 어느 곳도 보고 있지 않는 것 같기도 해. 입은 벌려진 채로 숨은 꺼져가고 있었지.

"아버지, 저 알아보시겠어요? 눈 좀 떠보세요, 아버지!"

넌 떨리는 손으로 그의 얼굴을 어루만져. 그러자 천천히, 네 말을 알아들었다는 듯이 그가 고개를 끄덕이지. 마치 "그래, 다 안다. 내가 네 마음을 다 알아"라고 말하는 것만 같았어. 여태까지 한 번도 본 적이 없는 아주 편안한 얼굴로. 그게 네가 본 아버지의 마지막 모습이지.

넌 장례를 치르면서 문득 깨달아. 부모가 자식에게 해줄 수 있는 가장 큰 선물을 네가 그에게서 받았다는 걸.

*

무거운 발걸음을 바닷가로 옮겨. 바다가 눈에 들어오기 전에 먼저 바다 냄새가, 그 다음엔 파도 소리가 들려오지. 넌 바다를 보면 언제나 어머니 생각이 나. 해 질 녘이면 아버지와 함께 어머니를 휠체어에 태워 바닷가를 산책했지. 그때는 그가 지팡이에 의지하기 전이었고, 어머니가 바다를 보고 환하게 웃을 수 있을 때였어.

내일은 국립 호국원으로 아버지를 만나러 가는 날이야. 요양병원에 그를 찾아갈 때처럼 그가 좋아하는 팥빵 한 바구니를 들고서. 어린아이가 된 그는 분홍색 환자복을 입고 병원정원에 나와 있었지. 분홍 차림의 또래들과 어울려 해바라기하고 있었어. 그는 네가 건네주는 간식을 받아들며 활짝 웃어 보인 뒤, 아무렁지 않은 얼굴로 물었지.

"누구십니까?"

과연 넌 누구일까. 넌 우주에서 지구를 보면 우리는 우리 자신을 전체적으로 보게 된다고 한 어느 과학자의 말을 떠올려. 그 사람이 주장한 건 우리는 개체가 아닌, 하나로 통합된 존재라는 내용이었지. 다시 누구냐고 한 그의 질문을 소리 내어 웅얼거려 봐. 불현듯 넌 어쩌면 여태 네 아비인 그가 그 존재에 대한 원초적인 질문을 해왔던 건지도 모른다는 생각이 들어. 앞으로 네가 당도하게 될 세상에서 그를 또다시 만나게 될는지 지금의 넌 알 수가 없어. 다만 그때는 그가 널 확연히 알아볼 수 있으리라고 기대하지.

'누구십니까?'

이 질문은 오늘도 바람이 되어 네 귓가를 맴돌아.

1 비백(飛白) : 새까맣게 써져 있지 않고 마치 비로 쓴 것처럼 붓끝이 잘게 갈라져서 써져 있기 때문에 필체가 비동(飛動)한다 하여 붙여진 이름이다. 중국의 한자 서체. 글씨의 점획이 후한의 채옹(蔡邕)이 창시했다고 전해온다. 남송(南宋)의 포조(鮑照)가 비백서세명(飛白書勢銘)이라는 글을 지어 이 서체의 아름다움을 일컬었으며, 청나라의 육소증(陸紹曾)은 비백에 관한 문헌을 모아 『비백록』을 저술하였다. (두산백과 두피디아)

2 되왁새기 : 한 되, 또는 그에 약간 못 미치는 양의 곡식이나 겨 따위를 퍼 담는 길쭉하고 작은 바가지. '솔박(솔박새기)'보다는 크기가 작으며 모양이 앙증맞다. (네이버 국어사전)

3 네블라이저(Nebulizer) : 천식, 기관지 확장증 등 호흡기 질환에 사용하는 의료기기. 약물을 미세 에어졸 형태로 분무하여 마우스 피스나 안면 마스크를 통해 흡입한다. (나무위키)

아들아, 춤을 춰보아라

곁에 있느냐 아들아. 잠시 눈 감았다 떴을 뿐인데 내 몸은 이미 싸늘해졌구나.

넌 길을 잃은 것이냐. 행색이 말이 아니구나. 어쩌다 네 처지가 그렇게 돼버린 거냐. 저런! 어젯밤 또 과음을 했군. 때문에 넌 연신 마누라 눈치만 살펴. 네 어머니 용돈 드리다 들켰을 때처럼. 그때 네 처는 거의 발작에 가까운 분노를 터뜨렸지. 넌 당당함을 잃고 변명하기에 바빴다. 그 어이없는 광경에 우린 할 말을 잃었을 수밖에. 충격을 받은 네 어머니는 한동안 음식을 입에 대지 않았다. 며느리와의 대면도 애써 피했지.

네 엄마는 며느리가 무섭다고 했다. 눈을 허옇게 치뜨고 악을 써대던 모습이 떠오른다며 잠도 제대로 못 자더구나. 그 이후로 너의 태도는 눈에 띄게 달라졌다. 상냥하고 다정하던 넌 점점 무뚝뚝해지고 말수가 줄어들었지. 그래도 말년에 너의 집에서 산 6개월 중 한 달간은 네 엄마를 가장 행복하게 해준 시간이었다. 얼큰하게 취해서 들어온 넌 엄마 곁에 앉아 얼굴을 어루만지고 볼을 비벼댔지. 그때의 네 엄마 표정을 기억하느냐. 세상의 그 무엇도 부러울 게 없다는 듯 그저 뿌듯해하던 얼굴을.

그게 네 마지막 효도였다는 걸 당시에는 몰랐다. 그땐 나도 얼마나 든든했는지 모른다. 딸만 둔 너는 모를 거다. 장성한 아들이 있고 아비가 그 아들을 매일같이 바라본다는 건 자신이 곧 우주임을 확인하는 것이란 걸. 그래서 마음이 커지고 꽉 채워진 것 같음을. 그래, 네가 생각하는 것처럼 내가 지팡이에 의지해 걷듯 추억에만 의존하고 있는지도 모르겠다.

이따금씩 내가 어느 지점에 와 있는지 혼란스러울 때가 있구

나. 총을 들고 전장의 참호 속에 앉았는데, 어느 순간 하얀 병실 침대에 내가 누워있어. 또 어떤 때는 분명히 네 엄마 곁에 누웠는데, 양지 바른 벤치에서 졸고 있는 나를 봐. 이렇게 네게 얘기하는 것 또한 현재가 분명하다고 장담하기가 어렵구나.

잠시 후면 넌 요리를 할 거다. 네 처가 좋아하는 고추잡채를 만든다고 수선을 떨어. 다음 주말엔 탕수육을, 그 다음 주말에는 유산슬을 만들겠다고 공표를 해.

행동보다 말을 앞세우는 그 버릇은 여전하구나. 쉬 달아올랐다 식어버리는 양철 냄비 같은 성정 또한 변함이 없어. 너의 그런 즉흥적인 태도는 널 대하는 아내에게 멸시를 충동질하지. 그러고 나면 너희 둘은 결국 한바탕 격렬한 싸움으로 이어가곤 해.

자상하던 넌 화가 나면 난폭해지지. 주먹을 휘두르며 발길질을 해대. 그럴 때 넌 마치 악령에 씐 듯해. 눈은 살기로 번뜩이지. 묘하게도 폭행을 당하는 네 처는 그 고통을 즐겨. 처음에는 맞는 걸 두려워하지만 몇 번의 구타가 가해지는 동안, 증오와 분노가 두려움을 삼켜버리지. 그녀의 말들은 더 대담해지고 넌 강도를 점점 높여 가격해가지. 통증은 이미 그녀에게 쾌감을 불러일으킬 뿐이야. 짜릿하고도 시원한 일종의 카타르시스.

너희 둘은 더욱 때리는 것과 맞는 것에 몰두해.

한참을 그러고 나면 너희는 마치 아무 일도 없었다는 듯 웃고 떠들어. 부모의 싸움을 지켜보던 네 딸들은 어렸을 땐 공포에 떨었었지. 이젠 아무런 동요도 일지 않아. 티브이 드라마를 시청하듯 하나의 일상이 돼버렸어. 너희들은 자신의 감정에 빠진 나머지 어느 누구 앞에서도 결코 그 짓을 멈추지 않아. 오로지 자신의 감정에만 충실할 뿐이야. 가끔씩 내면의 평화가 지속될 때, 너희들의 몸은 그 폭력성을 기억하며 다시 근질거리기 시작하지.

그런데 아들아, 이제 네 눈은 벌써 빛을 잃었구나. 어릴 땐 참 초롱초롱한 눈이었다. 다들 널 보며 덕담을 늘어놓았지. 실은 네 영리함보다는 너의 옷차림이 더 주목을 끌었다는 걸 넌 모를 거다. 봄 여름이면 너의 어머니는 손수 네 옷을 모두 뜨개질해 입혔지. 겨울철엔 명주솜을 넣고 바지 저고리를 만들어서 입혔다. 불편한 몸으로 몇 주씩 쭈그리고 앉아 옷을 만들었지. 엄마 건강이 염려된 외할머니와 내가 아무리 만류해도 소용없었다. 그만큼 자식에게 쏟는 정성이 유별난 사람이었지. 멋진 한복을 입은 꼬마 양반, 사람들은 너를 그렇게 꼬마 양반이라고 불렀다.

우린 널 자랑스럽게 데리고 다녔어. 신경질적이고 병약하고 산만한 널 돌보기란 여간 힘든 일이 아니었다. 특히 신체에 장애가 있는 어미라면 그 여성에게의 육아란 고달프기가 이루 말할 수 없지. 넌 모른다. 엄마가 널 얼마나 업어주고 싶어 했는지를. 할머니나 도우미 누나를 밀치고 넌 한사코 엄마에게만 업히려고 떼썼지. 하지만 넌 한 번도 엄마 등에 업힌 적은 없었다. 그때마다 네 엄마는 무척 곤혹스러워했어. 그리곤 울먹이며 말했다. 돌출된 자신의 등이 어린 네 배를 아프게 할 것 아니냐고. 그래서 차마 업어주지를 못하겠노라고.

그럼에도 학창 시절의 넌 학교를 다니지 않으려해 엄마를 크게 상심시켰다. 난 네 담임과 교장 교감을 찾아가 머리 조아리기를 수차 했었지. 넌 기어이 자퇴하고야 말았다. 그 일로 우리 가정엔 짙은 먹구름이 끼었지. 그래도 우리는 너에 대한 기대를 놓지 않았다. 엄마 건강을 염려한 친척들 성화로 네 혼인을 서둘렀지. 그것이 오히려 단란했던 가정을 송두리째 뒤흔들게 할 줄은 꿈에도 몰랐다.

아들아, 왕성한 청년시절이 있었듯 넌 곧 추레한 노년기를 맞게 될 거다. 부디 그 시간들이 네게서 웃음과 안정을 앗아가지 않았으면 좋겠구나. 언젠가 내가 네 앞에 모습을 드러낼 수 없게 되었을 때, 그리움은 가질지언정 회한으로 힘든 시간은 보내지 않기를 바란다.

이제 넌 쇼핑할 품목에다 유산슬 재료를 써넣어. 갖가지 채소와 버섯들 외 마른 해삼과 죽순까지. 이참에 중국요리를 죄다 마스터해보는 건 어떨까, 며 네 처에게 너스레를 떨기도 해. 자신의 감정 표현에 거침이 없는 네 처는 너의 그런 즉흥적인 태도를 좋아하지. 때론 자신이 욕망하는 것을 위해 널 부추기기도 해. 넌 한 번도 그 속셈을 눈치 챈 적이 없어. 생각과 말과 행동이 일치하지 않는 걸 뻔히 보면서도 넌 언제나 그걸 알아차리지 못하지.

넌 또 네 처의 충동적이고 동물적인 애정표현에 감동을 받곤 해. 네 딸들이 어렸을 때, 그녀가 혀를 내밀어 짐승처럼 아이를 핥아주던 걸 넌 종종 보았어. 그때마다 너의 욕정은 터질듯이 불끈 솟아올랐지. 넌 그걸 우리에게 들키지 않으려고 애를 먹었다. 아들아, 그래 넌 정말로 행복한 거냐?

난 지금 감은 눈 속에서 헤엄을 치고 있다, 아들아. 여긴 푸른 바다가 출렁이고 저 멀리 수평선이 선명하게 보여. 한 번도 수영해본 적 없는 네 엄마가 바다 한가운데서 손을 흔들고 있네. 날 오라고 부르는 것 같아 이게 꿈이지, 날 저승으로 불러들이려는 꿈인 게지 하면서도 통 눈을 뜰 수가 없구나. 마치 눈두덩에 바윗돌을 매단 것 같아. 팔다리도 점점 무거워져 돌로 변해버렸을지도 몰라. 전쟁터에서도 그랬지.

우리는 계속 후퇴하고 있는 중이었다. 북한군이 선전포고도 없이 진격을 해왔어. 우리 한국군은 무기도 제대로 갖추지 못한 채 싸워야 했다. 당시 국방부장관은 전쟁이 발발하기 뒤달 전까지도 호언장담했지. 자신이 명령만 내리면 우리 국군이 평양을 점령하는 데 일주일이면 된다고. 우리가 그만큼 막강한 군사력을 가졌으니 안심하고 생업과 학업에 전념하라는 말까지도 했었다.

그런데 어떻게 됐느냐. 수도 서울은 북한에 단 3일 만에 함락당하고 말았다. 도대체 이게 말이 되는 소리냐. 더 웃기는 건 그 작자가 큰소리 치며 병교즉패(兵驕卽敗)라는 말까지 갖다 붙였다는 점이다. 그건 군대는 오만하면 패한다는 뜻 아니냐. 결국 자신을 두고 한 말이 돼버렸지만.

인민군들이 수많은 탱크를 앞세워 공격해왔고, 엄청나게 많은 아군의 시체가 강물에 떠내려갔다. 헤엄을 잘 쳤던 난 허리에다 로프를 감고 강을 건넜어. 그리곤 [1]말목을 박고 줄을 묶었지. 그래, 도하작전을 위해서였다. 줄을 탈 수 없는 부상자는 업어서 헤엄쳐 날랐지. 아군 시체가 죽은 숭어 떼처럼 둥둥 떠다니는 속에서 말이다. 눈을 부릅뜬 채로 비명을 지르다가 숨진 이들, 사지가 떨어져나가고 내장이나 두개골이 흩어진 시체들이 강을 붉게 물들였지. 물에 잠긴 내 팔다리는 점점 감각을 잃어갔다.

그런 참혹한 전쟁터에서 구사일생으로 돌아왔지만 정작 반겨주는 이는 없었다. 중학교 입학할 무렵 훈장이면서 읍장이던 아버지가 돌아가셨고, 그 이듬해엔 큰살림을 꾸리던 어머니마저 작고하셨지. 늦둥이였던 나는 천애고아나 다름없었다. 많던 전답과 재산은 죄다 미망인이 된 큰 형수가 차지했고, 오로지 제자식들 교육시키기에만 여념 없었다. 다른 형제들은 출가해서 어려운 살림을 근근이 이어갔고. 난 학업은 고사하고 입영 직전까지 똥지게를 져 나르며 머슴처럼 일했다.

뭐라고? 그런데도 내가 어떻게 해서 네 외가에 들어가 살게 되었냐고? 그래, 그처럼 불우했던 내가 대도시의 유지였던 네 외가와 연을 맺는 건 언감생심 꿈도 못 꿀 일이었지. 제대 후 처음엔 일본인이 하는 철공소에 취직했다. 의지할 곳 없던 난 몸을 사리지 않고 열심히 일했어. 그런 나를 수년간 지켜보던 자취집 안주인이 어느 날 네 외조모에게 나를 소개시켰다. 둘째 사윗감으로 중신한 거였지. 어릴 때 척추 결핵으로 장애인이 됐다는 둘째 딸은 네 외조부가 가장 귀애하는 딸이었다. 너도 기억할 거다. 외가의 사촌들보다도 네가 훨씬 많은 혜택을 누리며 자랐다는 걸. 그건 다 네가 너의 어머니를 만난 덕분이다.

넌 부모와 자식이 만나는 것에 대해 어떻게 생각하느냐. 부모와 자식과의 인연에 대해서 말이다. 너는 아마 어미가 자식을 잉태하는 게 부모의 의지만으로 되는 줄로 알 거다. 그게 당연한 거 아니냐고? 아니다, 그렇지가 않다 아들아. 부모도 자식을 맞을 준비가 돼있어야 하는 거지만 부모의 의지만으로 자식이 배태되는 건 아니야. 대부분은 오히려 자식이 부모를 선택하게 되는 거다.

사람이 죽으면 그 [2]영가(靈駕)가 [3]중음(中陰)에서 49일간을 머문다고 하지. 그러곤 사람으로 다시 태어나기 위해 모태를 찾아 들어가게 돼. 바로 그때, 영가는 어디에 [4]탁태(托胎)될 것인지를 정하게 되는 거란다. 너도 어떻게 해서 우리를 찾아오게 된 건지 한번 잘 생각해 보거라. 그런데 아들아, 넌 대체 지금 어디에 있는 거냐. 오늘은 네 모습이 통 보이질 않는구나. 눈을 감아도 훤히 보이던 넌 어디에 꽁꽁 숨어버린 것이냐.

어젯밤에는 꿈에서 네 엄마를 만났다. 49재 지낸 뒤론 네 엄마 꿈을 통 못 꿨는데 어제는 생생하게 보이더구나. 재봉틀 앞에 앉아 바느질하던 예전 모습 그대로였다. 수의를 만들고 있기에 내가 그 까닭을 물으니 입고 갈 거라 더구나. 그럴 수 없이 쓸쓸한 음성으로 말이다. 꿈을 깨서도 네 엄마의 그 애잔한 목소리와 처연한 얼굴이 계속해서 맴돌더구나. 어찌나 서운하던지 나도 반짇고리를 꺼내어 바늘을 집어 들었다. 흰 무명실을 열자쯤 잘라 바늘귀에 끼웠지. 처음엔 쓰던 베갯잇을 뜯어내고 새 베갯잇으로 바꿔 꿰맸다. 그 다음엔 내가 덮고 자던 이불 두 채를 포갠 뒤, 네 귀를 맞춰 둘러가며 다 꿰맸어. 그렇게 바느질하다 보니 어느새 날이 밝아있더구나. 그 뒤로 난 바느질하지 않는 날이 없다. 떨어진 양말을 깁거나 해진 속옷을 꿰매기도 하고 천이면 뭐든 다 바느질하지.

뭐? 나가서 사람들을 만나라고? 참 쉽게도 말하는구나. 그 많던 지인들은 이미 오래 전에 다 고인이 돼버렸다. 이젠 기껏해야 경로당이나 산책로에서 만나는 이들 뿐이지. 아, 이런! 이제는 병원에서 보는 이가 다지. 네 엄마가 가버리고 나니 청소하는 게 귀찮아졌고 음식 만드는 건 더더욱 싫어졌다. 네 엄마가 살아있을 때야 살림을 도맡고 네 엄마 수발도 들었다만. 살아있을 땐 몰랐다. 아무리 거동을 못 했어도 네 엄마는 존재 그 자체만으로도 충분한 그런 사람이었어.

모두들 많이 걸으라고 하지만 조금만 걸어도 숨이 차. 다리에 힘이 빠져 나도 모르게 주저앉게 될 때도 많아. 어느새 팬티가 젖어있기도 하고 변을 지리기도 해. 그럴 땐 얼른 집에 들어가 몰래 속옷을 빨지. 요즘 들어 그런 일이 부쩍 잦구나. 어떨 땐 네 동생이 볼까 봐 젖은 속옷을 숨겨두기도 해.

아침 먹고 경로당으로 갔다가 그 다음엔 뭘 하냐고? 복지관에서 점심을 먹고 곧장 집으로 향하지. 네 동생은 내가 복지관에서 이것저것 배우고, 사람들과 어울려 놀기를 바란다만 그 애는 뭘 몰라. 난 아무것도 도무지 할 생각이 없는데 말이다. 밖에 있으면 그저 집에 들어가 방안에 드러눕고 싶은 생각 밖에는 안 들어.

아들아, 비가 오는구나. 넌 소낙비를 보면 뭐가 생각나느냐. 난 전쟁터가 제일 먼저 떠올라. 다른 건 다 희미해져 가는데 전쟁 기억만큼은 언제 어디서나 또렷하지. 서울을 수중에 넣은 인민군들이 소련군의 지원을 받아 더욱 기세등등해진 때였다.

급기야 부산까지 점령하려고 적들은 사정없이 공격을 가해왔어. 폭우마저 계속되는 악전고투의 나날이었지. 전사자는 산더미처럼 쌓여가고 악취가 코를 찔렀다. 시취(屍臭)가 얼마나 지독한지 옷에 한 번 밴 냄새는 전쟁이 끝나고서도 사라지질 않더구나.

군복 색깔 때문에 죽을 수도 있다는 걸 넌 알고 있느냐. 지금은 국방색이지만 당시의 우리 군복은 인민군복과 같은 황토색 무명천이었다. 사진을 봐서 알고 있겠지. 그 군복 색깔 때문에 억울하게 전사한 장병도 많았다는 것까진 모를 거다. 적으로 오인한 미군 전투기가 아군을 향해 발사하는 불상사가 왕왕 있었으니까.

넌 유난히 비를 싫어했다. 때문에 네가 학교 다닐 때, 갑자기 비가 내리면 학교나 버스정류소까지 우산을 들고 마중 나갔지. 때론 어린 네 동생이, 심지어는 네 어머니가 빗속에서 우산을 들고 서 있기도 했다. 넌 비만 맞으면 신경질을 있는 대로 부렸으니까. 한 번은 네 엄마가 아파서 아무도 마중 나갈 수 없었다. 비를 홀딱 맞고 집에 들어선 넌 골이 있는 대로 났지. 넌 씩씩거리며 방으로 들어갔다. 네 동생이 애지중지하는 새끼 고양이를 집어 들어 몇 차례나 벽에다 패대기쳐댔지. 아마도 네 동생의 고질적인 편두통은 그날부터 시작됐을 것이다.

　오늘은 네 엄마 생각이 부쩍 더 나는구나, 아들아. 아침에 같은 병동에 있던 임 여사가 세상을 떠났다. 그네는 여기서도 주말마다 미사 다닐 만큼 독실한 천주교 신자였지. 물론 성당이 바로 코앞에 있어서이기도 했다만. 여든 살인 그네는 네 엄마처럼 아주 재치 있고 사분사분한 여자였다. 농담을 곧잘 해 병동 사람들을 즐겁게 해주던 이였지. 잠자듯 편안한 얼굴로 임종한 그 여자를 보자 죽은 네 엄마가 측은해서 견딜 수가 없더구나.

　네 엄마가 요양병원으로 가기 전부터 난 네 동생 집에서 살게 됐지. 네 엄마는 이제부턴 병원비를 네가 부담해야 하는데, 좋은 병원에 있으면 네가 힘들어질 거라고 걱정했다. 그리곤 기어이 싸구려 요양병원으로 옮겨 마지막 반년을 보냈지. 더 나은 병원에 있었더라면 조금쯤 더 살 수 있었을까! 네가 매번 어려운 형편 얘기를 하니 엄마는 늘 네 걱정이었고, 난 바보처럼 네 엄마가 하자는 대로 병원을 옮겼다. 그 전 병원에서처럼 매일 버스를 타고 네 엄마를 보러 갔지. 점심 식사만이라도 직접 떠 먹여주려고 말이다. 시력과 식욕을 잃은 네 엄마를 열악

한 병원에다 맡겨놓고만 있을 수 있어야지.

네 동생은 이삼일에 한 번씩 엄마가 먹고 싶은 걸 묻고는 준비해갔다. 더러 병원 직원과 다른 환자들 몫까지도 챙겨갔지. 우리가 요양원에 있을 때부터 줄곧 그래왔다. 너의 엄마는 마지막까지도 네 걱정만 했어. 그러다 점점 말이 없어졌고, 허공만 응시하다 숨을 거뒀지. 그 얼굴은 평화롭게 보이지 않았다. 임종 당시 네 엄마 눈엔 피눈물이 고여 있었으니까.

남들은 내가 네 엄마를 헌신적으로 돌본다느니 어느 누구도 나만큼 아내를 위해주는 이는 없을 거라고들 말했지. 난 아직도 네 엄마 생각을 하면 가슴에 주먹만 한 구멍이 뚫린 것만 같은데 말이다. 그 착한 사람을 허접한 요양병원에서 죽게 했으니.

아들아, 너는 정말로 아무런 후회도 안 드는 것이냐!

내가 네 외가 얘길 하려다 말았다했느냐. 네 외조부는 딸이 장애인이다 보니 언제까지고 변치 않을 신랑감을 구해주고 싶어 하셨다. 그러려면 무엇보다 근면하고 성실한 청년이어야 했다. 학식도 너무 높지 않아야 된다고 여기셨지. 또, 부자여도 안 되고 너무 잘 생겨도 안 되었다. 난 그 조건에 합당한 데다 조실부모까지 했으니 데릴사윗감으로도 마침맞은 셈이었지.

처갓집에 들어가 사는 게 싫지 않았느냐고? 건강하지 않은 네 엄마와 정말로 결혼하고 싶었던 거냐고? 사람들은 대개 그런 것들을 궁금해 했지. 장애인과 어떻게 결혼할 생각을 했느냐, 결혼생활에는 만족하느냐고. 어떤 몰염치한 이들은 부부관계엔 지장이 없냐고 대놓고 묻더군. 그런 작자들은 하나같이 동물적인 본능만을 쫓으며 사는 것 같았다.

뭐라고? 너도 신체에 장애가 있는 사람과의 결혼은 상상하기 어렵다고? 그렇다면 너의 몸을 한 번 꼬집어보아라. 아프냐? 아프다면 네 몸이 아픈 것이냐, 네 생각이 아픈 거냐. 다시 한번 묻겠다. 물질로 된 네 몸이 정말로 아픈 거냐, 눈에 보이지 않는 네 생각이나 느낌이 아프다는 것이냐. 넌 아직도 내 말을 잘 이해 못 하는구나. 다시 한번 내 말을 잘 생각해 보거라.

나는 그분들─처부모를 처음 만났을 때, 솔직히 꿈에서도 그리던 내 부모님을 만난 것 같았다. 네 외조부는 큰 인쇄소를 경영하고 있던 유능한 사업가셨지. 그러니 난 그 밑에서 일을 배울 수 있어서 좋았다. 네 외조모는 돌아가신 네 친조모만큼이나 음식솜씨와 살림살이가 빼어난 분이었다. 때문에 난 꼭 내 어머니를 다시 만난 것처럼 기뻤어. 이런 경우를 두고 천생연분이라고들 하느냐.

그럼에도 불구하고 그 처가살이란 고된 객지생활의 끝이 될 수 없었다. 오히려 매운 고생이 본격적으로 시작된 셈이었지. 낮엔 엄격한 장인 밑에서 경리 일부터 회계와 인쇄기술에다 영업과 관리까지, 모든 것들을 호되게 단련해야만 했다. 때론 내 면전에 장부가 날아오기도 했고, 직원들 앞에서 욕 얻어먹기가 다반사였지. 그래도 일터에서 당하는 수모쯤은 얼마든지 감당할 수 있었다. 고학력자인 처 형제들에게 무시당한다는 느낌이 들 때도 많았지만 그 정도의 서러움도 문제꺼리는 아니었어.

나를 제일 힘들게 하는 건 내가 네 엄마 마음에 들 수 없다는 점이었다. 너의 엄마는 신체에 문제가 있다고는 해도 제법 고왔다. 또 참으로 총기 있는 사람 아니냐. 나를 만나기 전엔 문학을 공부한 출판사 직원과 혼담까지 오갔었다. 그 잘생기기까지 한 청년은 네 외조부의 반대로 엄마와 헤어져야 했지. 네 엄마에게 용납지 못할 조건을 내걸었기 때문이야. 그 조건이란 게 뭔지 궁금하느냐? 그럼 네가 한 번 알아맞혀 보거라.

그자는 '자신은 독자라 자식이 있어야 된다. 그런데 당신의 그 몸으로 아이를 출산하는 게 가능하겠는가? 내가 아무리 당신을 원한다고는 하나 자식을 얻기 힘들다면, 다른 여자에게서라도 후손을 봐야 한다. 그래도 괜찮겠는가?' 그게 그 사람이 말한 결혼조건이라는 거였다. 넌 그것에 대해 어떻게 생각하느냐. 입을 비죽거리지만 말고 한 번 너의 생각을 그대로 말해 보거라.

네 외조부는 그 얘길 전해 듣고 노발대발하셨다. 남과 남이 만나 살다 보면 아무리 의가 좋다가도 싫은 마음 생기기 마련인데, 처음부터 그런 조건을 내걸면 나중에 싫어질 땐 어떡할 거냐고.

네 엄마가 그 사람을 잊고 내게 마음을 연건 너를 낳고나서부터였다. 엄마는 성급하고 불같은 네 성격이 태교를 잘못해서라며 종종 자신을 탓했지. 그렇지만 나같이 변변찮은 사람과 결혼했으니 마음이 편할 수 있었겠느냐. 네 엄마의 슬기나 됨됨이에 비하면 난 한참 부족했으니 말이다. 네가 내 성격을 닮았다는 것 또한 부인할 순 없겠더구나. 내 급한 성격 때문에 너에게 회초리를 많이 들었으니까. 너희들을 채근하며 호통쳤던 날은 내 마음도 편치 않았다. 학교 앞으로 가 하교하는 너희들을 기다리며 서 있곤 했지.

아들아, 사람이 자신의 역할을 다하지 않고 산다면 그 결과가 어떨 거 같으냐. 그 사람의 몫까지 누군가가 떠안을 수밖에 없지 않겠느냐. 어느 누구도 자신의 행복을 위해 타인의 희생을 요구할 권리는 없는 것이다. 암, 절대로 그래선 안 되는 거다!

뭐라고? 네가 뭘 잘못한 거냐고? 잘못한 게 뭔지 모르겠다는 말이냐. 네가 제일 잘못하고 있는 게 바로 그 점이다. 모르는 것 말이다. 모른다는 건 생각하지 않아서다.

넌 몸이 좋지 않은 어머니를 위한답시고 일찍 결혼했다만 네 처와 자주 갈등을 일으켰다. 때문에 우린 너희를 일 년 만에 분가시켜 주었지. 그 후 네 어머니가 여러 차례 입원했다. 그때마다 엄마를 간호하고 돌보는 일은 언제나 네 동생 차지였지. 그 애가 결혼한 후론 줄곧 내가 살림을 살았었고. 서울로 가버린 넌 네 식구들을 데리고 명절과 휴가 때만 다녀갔다. 그마저도 교통체증이나 아이 학업을 핑계로 귀성을 취소해버리곤 했지.

너희 부부는 언제나 부모의 안위 따위엔 털끝만큼의 관심도 없었다. 오히려 이사 때마다 대출금 운운하며 손 내밀기 바빴지. 그때마다 우린 수차례의 네 사업자금을 마련해줄 때처럼 거절하질 못했다. 준비해뒀던 노후자금이 거의 바닥났을 때 넌 큰 집을 장만했다며 우리를 봉양하겠다 했지. 넌 우리가 네 집으로 이사할 것을 재차 권했지만 네 처와의 불화를 우려해 거절했다. 그러다가 결국 거듭된 너희 부부 청을 받아들이고 말았지. 우린 어리석게도 일말의 기대와 설렘을 안고서, 유일한 재산이던 집을 처분하고 너의 집으로 들어갔다. 그런데 너희는 어떻게 했더냐.

우리 집값의 반을 거머쥔 너희들이 제일 먼저 한 일은 고가의 수입 골프채를 사는 것이었다. 그리곤 멀쩡하던 승용차를 더 큰 차로 바꿔서 나다니기에 바빴지. 네 처는 매일 말 한 마디 않고 있다 제 차를 몰고 나가선 캄캄해서야 들어왔다. 그리곤 아무렇게나 차린 밥상을 내다버리듯 우리 앞에 갖다 놓는 것, 그게 고작이었지. 그때 너의 어머니는 이미 실명하기 시작했다. 내가 잠시만 곁에 없어도 어둠 속에서 공포에 떨었지. 우린 너희가 키우는 개보다도 훨씬 못한 무관심과 푸대접을 받으며 그 집에서 살 순 없었다. 그럴 순 없었어! 집도 없어진 우린 결국 너의 집에서 나와 요양원으로 들어갔지.

우리 두 사람이 거처할 요양원 방엔 짐을 다 가져갈 수 없었다. 그런데 너희들은 남겨진 우리 옷가지며 살림살이들을 어떻게 했더냐. 너흰 기다렸다는 듯이 그것들을 모조리 내다버리거나 불태워버렸다. 네 엄마가 평생 지녔던 그 고운 자개농까지도 죄다 부서서 버렸다고 네 이웃이 전하더구나. 그뿐이더냐.

넌 네 가족 이름을 몽땅 개명해버렸다. 내가 몇 주씩 옥편을 찾아가며 정성 들여 지었던 네 이름과 손녀들 이름을 네 처 이름과 함께 강아지 이름 바꾸듯, 호적에서 깡그리 지워버리고 새 이름을 올렸다.

그래, 이름들을 모조리 바꾸고 나니 다시 태어난 것 같더냐. 그래서 네 부모 네 형제를 잊고 살았던 것이냐. 그렇게 사니까 마음이 편안하더냐, 아들아.

아들아, 너도 혹시 '통곡의 방'이라고 들어보았는지 모르겠구나. 캄보디아에 가면 따 프롬 사원이 있어. 크메르 제국의 가장 위대한 왕이자 마지막 왕인 자야바르만 7세가 세운 사원이야. 그가 모친의 극락왕생을 위해 지었다고 전해지고 있지. 거기엔 왕이 어머니의 죽음을 애도하기 위해 만든 방이 있어. 그 방 이름이 바로 '통곡의 방'이야. 왜 통곡의 방이라고 한 줄 아느냐. 그래, 네가 짐작한 대로 살아생전에 효도를 다 하지 못한 왕은 그곳에서 가슴을 치며 한을 풀었다는구나. 특이한 점은 돌로 쌓은 사원의 그 방은 어떠한 소리에도 울리지 않는데, 딱 한 가지 소리만이 방을 탕탕 울리게 하지. 넌 그게 무슨 소리일 것 같으냐.

그건 바로 사람이 가슴을 칠 때 나는 소리란다. 아무리 고함을 질러도, 손뼉을 치거나 벽을 두드려도 울리지 않던 방이 오로지 가슴을 치는 소리만이 그 방을 텅텅 울리게 하지. 재미있는 건 불효자일수록 그 소리가 더 크게 울린다는 것이다. 어떠냐. 아들아, 너도 한 번 그곳에 가서 가슴을 쳐보고 싶지 않느냐. 네 가슴이 어떤 공명을 일으킬 수 있을지, 그 서늘하고 청명한 울림이 네 마음을 어떻게 작동시킬지 궁금하지 않느냐.

어제는 네 동생 성화로 백화점엘 갔다. 사람들이 너무 붐비니 어지러워서 몇 번이나 쓰러질 뻔했어. 그래도 앉았다 쉬었다 하면서 다녔다. 그 애가 내 팔짱을 단단히 끼고서 말이다. 내 생일 선물로 옷과 구두를 사면서 그러더구나. 아버지, 제일 좋은 것 중에서 가장 마음에 드는 걸로 고르세요. 그리고 아끼지 말고 떨어질 때까지 부지런히 입고 신으세요. 또 사드릴게요, 라고 말이다. 그 말을 듣는데 눈물이 핑 돌더구나. 얘야, 난 이번 백화점 나들이가 이생에서 마지막이지 싶구나.

아들아, 티브이뉴스를 보고 있으니 문득 옛 생각이 나는구나. 뉴스에선 어린 아들을 말 안 듣는다고 때려서 죽게 한, 비정한 아비 이야기가 나오고 있어. 너도 어릴 때 내게 참 많이 맞았지. 넌 어려서부터 허약해 보약을 달고 살았다. 그래서 초등학교에 입학한 뒤로는 내가 하루도 거르지 않고 아침저녁으로 운동을 시켰지. 어린 네 동생까지 깨워서 함께 체조와 줄넘기를 시켰어. 저녁엔 마당으로 나와 운동을 해야만 잠잘 수 있게 했다. 넌 다섯 살 아래 동생보다 더 말을 듣지 않았어. 그럴 땐 때리기도 했고, 찬 물통 속에 집어넣는 체벌도 줬지.

네 엄마가 건강치 못하다 보니 내겐 너희들을 건강하게 키우는 것이 언제나 최우선일 수밖에 없었다. 넌 도무지 따라주지 않았고 난폭해지기까지 했다. 넌 내가 모를 줄 알겠지만 난 네가 중학생이 되려는 네 동생 목에다 식칼을 들이댄 것도 알고 있다.

제 할 일을 알아서 잘하던 네 동생을 질투한 나머지 넌 그 애를 마구 괴롭혔다. 수시로 부려먹거나 그 애가 가진 걸 빼앗고 노는 걸 훼방하곤 했지. 부당한 걸 못 참는 그 애가 네 말을 듣지 않으면 넌 마구 때렸다. 하루는 화를 참지 못한 나머지 넌 부엌으로 달려가 식칼을 들고 나왔다. 시퍼런 칼날을 네 동생에게 들이대며 위협했어. 그때 내가 얼마나 놀랐는지 아느냐. 난 차마 나서지 못한 채 가슴만 졸였다. 자칫 말리려다간 네 동생이 크게 다칠 수도 있을 것 같았지. 내가 제대로 교육시키고자 한 체벌이 오히려 네 폭력성을 더 키운 것 같았다. 널 때렸던 걸 뼈저리게 후회한 날이었지.

그런데 아들아, 넌 무얼 하고 있느냐. 어떻게 두 달간 전화 한 통이 없느냐. 너의 식구들은 3년 전 네 어머니 초상 때 다녀 간 게 마지막이었다. 너도 내가 세 번째 입원한 뒤론 한 번도 보지 못했어. 네 엄마가 살아있다면 어림도 없는 노릇이지. 넌 마음 내킬 때만 용돈 한 푼 부치곤, 필요한 게 뭔지 뭐가 먹고 싶은지 한 번 물어보는 법이 없어. 명절이나 생일 때 반찬 한 가지라도 보내오면 사위한테 내 체면이 조금쯤 설 텐데 말이다.

안부만 묻고 마는 짧은 통화지만, 어떤 땐 그런 네 음성마저도 사무치게 그립구나. 그래서 전화 벨소리에 귀를 바짝 세우곤 하지. 아들아, 내가 너의 집에 한 번 가면 안 되겠느냐. 아니다, 얘야. 내가 지금 무슨 소릴 하고 있는지 모르겠구나. 신경 쓰지 말거라. 그냥 한 번씩 네 음성 듣는 것만으로도 난 괜찮다. 그런데 혹시, 한 번 와줄 순 없겠냐, 아들아.

얘야, 난 방금 그림을 그렸다. 네 동생이 알면 또 질색할 테지만, 펜을 들고 와 다시 두 개의 얼굴을 그려놓았어. 어디에다 그랬냐고? 한 번 알아 맞춰보아라. 넌 상상력이 부족하구나. 하기야 어릴 때도 그랬다. 네 동생은 천정이나 벽지 무늬만 보고서도 이야기를 곧잘 지어냈지만 네가 그러는 건 한 번도 보지 못했어. 넌 조근조근 얘기하기보다는 몸을 흔들어대길 더 좋아했어. 나는 변기에 앉아있으면 욕실 바닥에서 갖가지 모양들을 발견하지. 너도 타일을 한 번 자세히 살펴보려무나. 사람이나 동물 같은 다양한 형체를 발견하게 될 테니.

그것도 그날 기분에 따라 달라. 언짢을 땐 화난 얼굴로 보이더니 지금은 또 모두 웃는 얼굴이야. 지난번에 그려놓은 그림을 보고 네 동생이 그랬지. 그림 그리고 싶으면 종이에다 그리지 왜 어린애처럼 욕실 바닥에다 낙서를 하냐고. 그리곤 공책을 내밀더구나. 이게 얼마나 재밌는지 그 애는 모르는 게야.

그 애는 내가 말끔히 정리해놓는 것도 싫어해. 난 뭐든 조금이라도 흐트러져 있으면 그 꼴을 못 보겠는데. 뭐? 네가 어렸을 때도 그런 것 때문에 힘들었다고? 내가 정리정돈을 너무 심하게 시켰다고? 그래서 나쁠 게 뭐냐. 정리정돈을 잘해놓으면 누가 보든지 좋지 않으냐. 뭐? 남들에게 잘 보이기 위해서 사느냐고? 너도 네 동생과 똑같은 소릴 하는구나. 그 애도 아버지는 남의 눈을 왜 그렇게까지 의식하며 사세요, 그러더구나.

넌 그러지 않느냐. 난 뭐든 묶어놓지 않으면 흩어지고 달아 날 것만 같아서 불안해. 창이나 방문도 열려 있으면 마음이 편치 않고 말이다. 그 애는 내가 물건들을 고무줄로 묶어놓는 걸 보면 기함을 해. 달아나는 것도 아닌데 뭣 하러 그렇게 고무줄로 칭칭 감아놓느냐면서. 그 애는 내가 방문이나 창을 꼭 닫아놓는 걸 봐도 그래. 이렇게 꼭꼭 닫아놓으면 답답하지 않으세요? 전 숨이 콱 막혀요, 라고 말이다.

아들아, 너도 답답한 거냐. 너도 숨이 막히느냐. 너도 바람을 쐬고 싶은 것이냐. 그러면 아들아, 문을 활짝 열어놓아라. 창문도 모조리 열어젖혀라. 바람이 잘 들어가도록 네 가슴을 쭉 펴보거라. 그러고 나서 마음껏 몸을 흔들어라. 굳어버린 네 어깨가 말랑해지도록. 뻣뻣한 너의 팔다리가 잘 돌아가도록. 네 닫힌 마음이 환히 열릴 수 있도록.

나의 하나뿐인 아들아, 이제 곧 내 호흡은 완전히 멎게 될 것이다. 그러니 아들아, 지금부터 내가 하는 말을 잘 새겨듣도록 하여라.

내 숨이 완전히 멎은 걸 확인하고 나면, 이십사 시간 동안은 절대로 내 몸에 손대지 말거라. 정수리의 혼(魂)과 단전의 백(魄)이 만나는 시간이니라. 제일 먼저 영락원에 전화해서 운구 예약부터 하거라. 그런 다음 빈소에 안치토록 하고 3일장으로 장례한 뒤, 경제적인 ⁵산골(散骨)로 종결토록 하여라.

나의 아들아, 내 영혼이 앞으로 49일 동안은 어두운 중음의 세계에 머물러 있을 것이다. 그런 다음 다시 사람 몸을 받기 위해 모태를 찾아들어갈 것이야. 그 시간이 오면 나의 사랑하는 아들아, 나는 네 딸에게로 들어갈 것이다. 그래서 기필코 너의 손주로 태어날 것이야. 그렇게 난 네 곁에 꼭 붙어있으련다 아들아.

너도 좋으냐. 좋으면 좋다고 말해 보아라, 아들아. 좋으면 춤을 춰보아라, 아들아!

1 말목 : 가늘게 다듬어 깎아서 무슨 표가 되도록 박는 나무 말뚝. (표준
  국어대사전)
  '말뚝'의 전남 방언 (고려대 한국어대사전)
2 영가(靈駕) : 육체 밖에 따로 있다고 생각되는 정신적 실체. =영혼 (표
  준국어대사전)
3 중음(中陰) : 사유(四有)의 하나. 사람이 죽은 뒤 다음 생(生)을 받을
  때까지의 49일 동안을 이르며, 이 동안에 다음 삶에서의 과보(果報)가
  결정된다고 한다. (표준국어대사전)
4 탁태(托胎) : 전세(前世)의 인연으로 중생이 모태(母胎)에 몸을 붙
  임.
  팔상(八相)의 하나. 석가모니가 하얀 코끼리를 타고 모친인 마야
  부인의 오른쪽 옆구리로 들어간 상(相)이다. (표준국어대사전)
5 산골(散骨) : 유골 따위를 화장하여 그대로 땅에 묻거나 산이나 강, 바
  다에 뿌리는 일. (표준국어대사전)

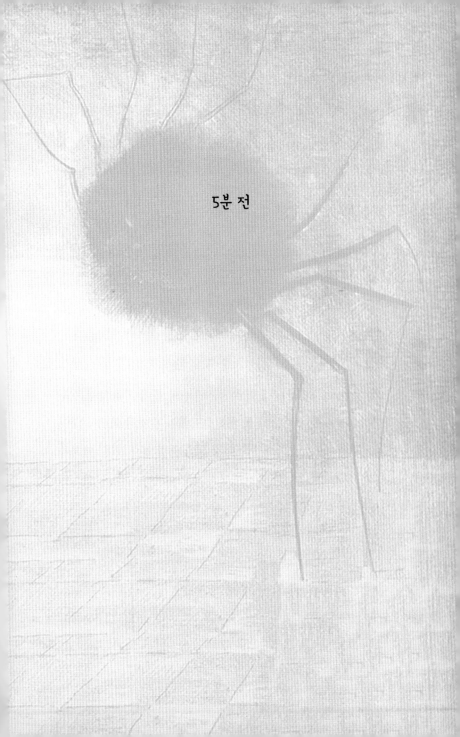

5분 전

남자무용수가 들어 올린 여자무용수의 몸이 자유자재로 움직인다. 공중곡예 하듯 훌쩍 뛰어올랐다 나비처럼 살포시 내려앉고, 한데 엉겨서 회전하다 다시 꽃잎처럼 흩어진다. 망자들의 멘트가 스피커에서 흘러나오자 일어선 무용수들은 립싱크하면서 춤을 춘다. 말이 춤이 되고 춤은 이야기가 되면서 A의 즉흥무가 피날레로 펼쳐진다. 자국인 한국에서보다 유럽에서 더 극찬받고 있는 현대 무용가 A. 흰색의 긴 무명천을 피로 적셔서 머리 위에 올려놓자, 금세 그녀의 얼굴과 몸은 붉은 색으로 물든다. 젖가슴까지 드러내놓고 이어가는 다채로운 굴곡의 움직임들. 중로(中老) 무용수의 절절한 춤은 망자들을 위한 한 바탕의 살풀이로 변한다.

"공연 어땠어요?"

옷을 갈아입고 로비로 쫓아 나온 익도의 아들이 묻는다. 아직 분장을 지우기 전이라 안색을 제대로 파악하기가 어렵다. 익도의 아내는 초조한 눈빛으로 연신 아들을 탐색한다. 다른 남자 무용수들처럼 아들도 여자 무용수를 번쩍 들어 올렸고, 풀쩍 뛰어올랐다 바닥에다 그대로 몸을 내던지곤 했었다. 아내가 마음 졸였을 걸 짐작하고 익도가 말했다.

"무슨 춤이 그렇게 격렬해. 멍들지 않았어?"

"몸으로 하는 건데 몇 군데 멍들지 않는다면 그게 이상한 거죠. 그래도 전 덜한 편이에요. 형이랑 누나들보다는 조금 적게 췄거든요."

병이 있는 데다 졸업도 하지 않은 익도의 아들을 A무용단에서 불러들였다. 그러니 그의 역할이 조금쯤 덜할 만도 했을 터였다. 그런데도 아들은 공연 평에 대한 궁금증을 참지 못했다.

익도의 아내는 무용의 스토리보다 무용수들의 춤이 더 출중했다고 한 뒤, 하나의 주제를 끝까지 밀어붙이는 A의 치밀함을 칭찬하는 것도 잊지 않았다. 익도는 표현의 광포함에 역겨움마저 들었다며 A춤에 대한 아연함을 숨기지 않고 털어놓는다.

공연에 대한 제 엄마와 아빠의 상반된 감상평을 들은 후 아들은 서둘러 분장실로 향했다. 몸을 흔들며 걸어가는 아들의 뒷모습을 익도 부부는 한참동안 바라본다. 공연 콘셉트 때문에 빠글거리는 펌을 한 아들의 머리카락은 심하게 손상돼 있었다. 익도의 아내는 아들의 모발상태를 못내 속상해한다.

"세상에, 머리카락이 저게 뭐야! 공연 계속하다간 애 머리털이 남아나지 않겠어."

"그래도 탈 없이 잘 마쳤잖아. 무사하면 된 거지."

아들이 무사하다는 사실이야말로 익도에겐 무엇보다도 중요했다.

익도의 아들은 국립예술대학에서 현대무용을 전공하고 있었다. 제 딴에는 지방에서 올라온 별 볼 일 없는 놈이란 소릴 듣지 않으려고 기를 쓰는 것 같았다. 그럴싸한 공연들엔 모조리 참가했고, 좋은 평가도 듣고 있었다. 그런 아들에게 2년 전 날벼락 같은 일이 일어났다.

"재생불량성 빈혈입니다."

희귀 난치병 판정이 내려졌다. 처음에는 자꾸 입안이 헤진다기에 또 너무 무리하는구나 싶었다. 본인이 예사롭지 않게 느껴졌던지 아들 스스로 병원을 찾았다. 인터넷으로 검색해 집 부근의 잘한다는 내과에서 진료를 받았다. 의사는 베체트병이라고 예진한 뒤 혈액검사를 했다. 베체트란 생소한 병명을 전해 들은 익도는 가슴이 철렁했다. 백혈구 수치가 얼토당토않게 나와 다시 채혈하게 됐다. 재검사에서도 역시 심각한 수치가 나오자, 혈액 쪽에 문제가 있다고 판단한 의사는 아들을 속히 혈액 전문으로 유명한 대학병원으로 보냈다.

평소 건강했고 말썽 한 번 피우지 않던 아들이었다. 무용계에서는 장래가 촉망되는 부족할 게 없는 청년이었다. 그런 아들이 대학 4학년에 베체트완 비교가 되지 않을 만큼 심각한 난치병 환자가 돼버렸다. 그것도 골수에서 피를 만들어내지 못하는 희귀 난치병에 걸렸다는 것이다.

"원인이 뭔가요, 교수님."

목소리가 떨려 나오기에 익도는 최대한 편안한 표정을 지으려고 애썼다.

"서양에 비해 우리나라에서 발생 빈도가 높습니다. 방사선에 노출된 경우나 염색체에 구조적인 이상이 생긴 경우, 발암 물질에 노출된 경우 등 많은 예들이 있습니다만, 실은 원인과 예방법에 대해 아직 정확하게 알려진 게 없습니다."

"원인을 모른다고요? 그럼 나을 수 없다는 얘깁니까?"

익도의 입에서 큰소리가 튀어나왔다. 심장도 벌렁거렸다.

"아닙니다. 원인과 예방법은 확실하지 않지만 치료법은 있습니다. 조혈모세포이식과 면역조절요법이란 두 가지 방법이지요. 중증의 경우 치명적이지만 골수이식이나 면역억제치료로 완치율이 높습니다. 형제간 조혈모세포이식을 받은 경우엔 90% 이상의 완치율을 보이고 있고요. 단, 형제간 적합 항원이 일치하지 않을 경우엔 면역조절요법을 먼저 실시하지요. 그렇게 해서 반응이 없으면 그때는 비혈연간 조혈모 세포 이식을 추천하고 있습니다."

"그러니까, 형제간 골수 이식만 가능하다면 문제될 게 없다는 얘기네요. 면역조절요법이라는 건 어떤 건가요. 약물로 하는 치룝니까?"

익도는 절박한 심정으로 다그쳐물었다.

"그렇습니다. 약물치료법이에요. 입원해서 주사로 5일간 투여받고 면역 조절제를 일 년 이상 경구 복용하는 걸 말합니다.

현재 환자의 60~70%는 혈액 수치가 개선되는 반응을 나타내고 있지요. 건우는 누나와 조직 적합 항원이 일치하는지의 검사부터 해야 하겠지만, 불일치의 경우를 대비해 면역조절요법을 서둘러야합니다. 건우의 혈액 수치가 매우 심각한 감염이 올 수 있는 초중증 재생 불량성 빈혈에 해당되니까요."

진료실을 나오자 간호사는 혈액의 정상수치를 알려준 뒤 재빈(재생불량성빈혈) 환자가 알아야 할 기본 지식과 주의사항을 이야기했다.

"백혈구는 바이러스나 박테리아, 진균 등의 감염에 대항하는 역할을 하는데, 남건우 씨의 혈액수치는 정상수치보다 심각하게 낮습니다. 집 밖에선 꼭 마스크를 쓰시고, 아주 작은 상처도 생기지 않게 주의해야 합니다…"

간호사의 설명이 더 이어졌지만 익도의 귀에는 더 이상 들어오지 않았다.

「죽은 자가 다시 살아 돌아와도 능히 부끄러움이 없어야 한다.」[1]조조(曹操)가 한 말이었고, [2]다산(茶山)이 그의 제자를 위해 쓴 글에 인용되기도 한 구절이다. 요즘 익도는 이 말이 생선

가시처럼 목구멍에 딱 걸려 옴짝달싹 못 할 때가 있다. 죽은 자는 말이 없다고들 하지만 어쩌면 사자(死者)는 끝도 없이, 살아 있을 때보다도 더 많은 말들을 쏟아내고 있는지도 모른다.

  장인 장례를 치르고 나자 익도의 귀에 자꾸 이상한 소리가 들려왔다. 주로 밥 먹을 때나 티비를 보고 있을 때, 무심코 뭔가를 하고 있을 때 알 수 없는 여자 목소리가 느닷없이 들렸다. 무슨 말인지 통 알아들을 수 없는 웅얼거림이 때로는 쯧쯧, 혀 차는 소리처럼 들리기도 했다.

  익도는 순간적으로 장모님! 하고 소리쳐 부를 뻔했다. 착각이었다. 장모가 이야기하고 있다고. 뒤돌아보니 아내가 꼼짝 않고 앉아서 책을 보는 중이었다. 요즘 아내의 목소리는 갈수록 장모 음성을 닮는다. 분명 아내가 말한 건 아니었다. 돌아가신 장모가 이야기를 한 걸까. 절대로 아닐 거라고 고개를 내젓지만 익도의 마음은 편해지지 않는다. 그 이상한 말소리는 도대체 어디서 들려온 걸까!
  익도는 문자나 말을 그다지 신뢰하지 않았다. 때문에 글이나 말로서 오류를 범하는 따위를 하지 않는 편이다. 그렇지만 그릇된 행동은 매번 얼마나 위태했던가. 글이나 말처럼 정정할 수 있는 기회를 붙들지 못한 채 영원한 과오로 그치고 말기가 다반사였다. 때로는 냉정한 눈빛으로, 쌀쌀맞은 태도로, 온몸으로 냉혹한 감정을 드러내기가 말보다도 더 명료했고 효과적이었다. 악담을 내뱉으면 더한 악담을 쏟아내고 싶은 충동이 이는 것처럼, 악행은 반복을 충동질하는 강한 중독성이 있었다.

이상하게도 장인에게 유독 그랬다. 익도의 장인은 성격이 급했지만 온순한 사람이었고, 남들에게 너그러우면서 지극히 가정적이었다. 평소 지나치게 부지런해 아내와 자식들에게서 핀잔을 듣기도 했지만, 그렇다고 주책을 떨거나 말이 많은 것도 아니었다. 그는 성격이 급한 만큼 부지런했고 부지런한 만큼 소유한 것도 많아, 그럭저럭 갖추고 사는 편이었다.

처가의 친인척과 지인들은 장인을 보면 언제나 진인(眞人)이라고 추어주었다. 환자인 아내를 지극정성으로 돌본다고 종교단체에서 장한남편 상을 두 번이나 받았을 정도였다. 그럼에도 불구하고 익도에겐 그의 선행들이 자꾸만 가식적으로 여겨졌다. 체기를 느낄 때와 같은 거북함이 그의 뱃속을 뒤집어놓곤 했다. 어쩌면 열등감 때문이었는지도 몰랐다. 익도는 처부모의 단란하고 화목한 모습을 볼 때면, 뭘 해도 일이 풀리지 않아 궁핍했던 아버지 얼굴이 수시로 떠올랐다.

"왜 이리 반찬이 싱거워. 입에 맞는 게 하나도 없어!"

"지금 몇 신데 아직도 자고 있나!"

"화초가 모두 말랐는데 물을 왜 안주는 거야!"

익도의 집에 와 살게 된 장인은 식성이 까다로워 툭하면 음식에 까탈을 부렸고, 서로 잠자는 시간대가 달랐지만 익도가 자고 있으면 깨워대기 일쑤였다. 장인의 결벽증은 그의 부부를 마음 놓고 쉬지 못하게 만들었다. 관상식물을 가꾸는 익도의 유일한 취미활동까지도 번번이 방해 받아야 했다. 익도는 점점 인내심에 한계를 느꼈다. 그의 아내가 여러 차례 장인을 설득했지만 그 효력은 이틀을 가지 못했다. 결국 그는 장인이란 존재를 아예 무시해버리기로 작정했다.

"자네 오는가. 이것 좀 먹어보게."

"날씨가 쌀쌀하네. 옷 단단히 입고 나가게."

퇴근해오거나 텔레비전을 보고 있을 때, 집을 나설 때면 장인이 인정스럽게 말을 걸어왔다. 익도는 못들은 척하고 등을 돌려버렸다. 돌변해버린 익도의 태도를 그의 아내는 이해하지 못했다.

"당신이 우리 부모님에게 뭐라고 했어. 저를 작은 아들로 여겨주십시오, 하지 않았어?"

아내는 결혼 당시에 했던 말까지 들먹이며 왜 자기 아버지를 유령 취급 하냐고 따졌고, 익도의 행동을 노인 학대 수준이라며 비난했다. 장인은 점차 말수가 줄어들고 방안에 있는 시간이 많아졌다. 갈수록 위축돼가는 그가 측은하고 미안한 생각이 들지 않은 건 아니었다. 태도를 한 번 바꾸고 나니 그 다음엔 장인을 마주하기가 싫어졌고, 쳐다보면 괜히 짜증나 또다시 외면해버렸다. 어쩌다 처남에게서 걸려오는 전화에 반가워하고 우쭐대는 그를 보면 화가 치밀었다. 아들이 엄연히 있는데 왜 내가 장인을 모셔야하냐는 불만이 불쑥불쑥 차올랐다.

악행이란 그 범주를 어떻게 규정하느냐에 따라 이야기가 달라지는 법이다. 익도는 자신의 행위를 누군가는 패륜적으로까지 보기도 하겠지만, 입장에 따라선 합리적으로 여기기도 할 것이라고 생각했다. 그는 여태껏 살아오면서 누군가를 극렬히 미워하거나 증오해본 적이 없었다. 상대를 깔보거나 업신여긴 적은 더더욱 없었다. 심지어 거래처 사장이 사기를 쳐 심각한 피해를 입었을 때조차도 그는 앙갚음하려거나 미워하는 마음을 갖지 않았다. 단 한 공간을 공유하며 사는 이에 대한 감정은 도대체가 조절하기 어려웠다.

마음 깊숙한 곳에서 차오르는 모멸감은 마음대로 다스려지지가 않았다. 그건 자기 의지만으로 되는 게 아니었다. 물론 처음부터 그러진 않았다. 장인에 대한 억지스런 불신이 혐오감으로까지 깊어진 건 아마도 장모가 운명하고 나서부터였을 것이다. 비록 환자였지만 처가의 기강과 화목은 장모에 의해 이뤄지고 있었다. 처남이 결혼하고부터 화기애애하던 가정이 금가기 시작했다지만, 장모의 초상을 치르기 전까지 처가는 외면의 [3]옹화(雍和)가 그런대로 유지되었었다. 장인이 익도의 집에 와산 지 일 년 만에 장모가 운명했고, 그때부터 상황들은 걷잡을 수 없이 나빠졌다.

"네 아버지는 남 서방이 좋으시대. 너희 집에 계시면 마음이 제일 편할 것 같다고 그러시네."

처음 장인 부양 문제를 꺼낼 때, 장모는 익도를 한 번 슬쩍 쳐다보고는 아내에게 말했다. 마치 사위의 의중 따윈 아랑곳없다는 듯. 물론 장모로선 어렵게 꺼낸 말이었겠지만 장모의 그 당당함에 익도는 당황하지 않을 수 없었다. 사위인 그의 생각보다도 딸의 의중을 더 중요하게 여기는 처부모의 태도를 납득하기 어려웠다. 드디어 올 것이 왔구나, 맥이 빠지기까지 했다.

사실 결혼 전에도 그런 식의 서운함은 수도 없이 경험했다. 부모님이나 형제들은 뭐든 필요한 게 있으면 언제나 익도에게 제일 먼저 요구해왔다. 종손인 형이나 성깔 있는 동생과는 달리 익도의 성격은 두루뭉술하고 여렸다. 하지만 자신의 피붙이에게 갖는 서운함과 처부모에게 갖는 서운함은 근본적으로 달랐다. 자기 부모형제가 주는 부담감은 아무리 지나쳐도 부당하게 여겨지지 않았지만, 처부모에게서 받은 서운한 기억은 시간이 암만 흘러도 퇴색되지가 않았다. 언제라도 침투할 준비가 된 복병과도 같이 늘 그의 뱃속에 웅크리고 있는 것이었다.

"갑자기 오후에 병실이 하나 비게 되어 급히 연락드립니다. 입원하시려면 오후 6시까지 도착돼야 하는데, 가능하시겠습니까? 어려우시다면 다른 대기자 분께…"

점심을 먹자마자 병원에서 연락이 왔다. 하필이면 스물두 번째 맞는 아들의 생일날이었다. 아들은 생일 선물로 빔 프로젝트를 원했고, 그걸 막 주문하려던 참이었다. 준비해서 서울에 있는 병원까지 4시간 만에 도착한다는 건 무리였다. 하지만 이것저것 가릴 처지가 아니었다. 면역 치료를 위해선 1인 병실

이어야만 했고, 병실이 없어 몇 달씩 대기 중인 환자들은 수두룩했다. 더군다나 딸의 골수가 아들 것과 일치하지 않는다는 검사 결과로 인해 더 애를 태우며 병실을 기다리던 중이었다.

"어, 똥이 초록색 설사야!"

당장 항암 치료의 하나인 약물 치료에 들어간 아들은 웃으며 농담조로 말했다. 곧 극심한 오한과 발열에 빠져들면서 수혈을 여러 차례 받았다. 익도는 그때야 비로소 빈혈환자의 창백한 얼굴색은 흰색이 아니라, 다 익은 벼 잎처럼 누런색을 띤다는 걸 알게 되었다. 뿐만 아니라 매일같이 BMT(조혈모세포 이식) 센터를 가득 메우고 있는 환자 대다수가 청년들이라는 사실도 인정할 수밖에 없었다.

익도는 혈액주머니와 함께 대여섯 개의 링거를 매달고 누워 있는 아들 곁에 나란히 누웠다. 창밖에는 고층 건물들이 화려한 숲을 이루고 있었다. 멀리, 그것들에 가려진 한강이 보일 듯 말 듯 희미하게 눈에 들어왔다. 그 광경은 영락없이 병실에 누워 있는 아들과 닮아 있었다. 어둠 속에서 건물의 불빛이 하나둘 스러져가는 것마저 아들의 숨결만 같아서 초조하게 지새우던 밤들이었다.

한 달 만에 퇴원한 아들은 혈액 검사 때문에 매주 서울로 올라가 피를 뽑았다. 아무렇지 않은 척했지만 아들이 그때마다 뜬눈으로 아침을 맞이한다는 걸 익도는 알고 있었다. 약의 부작용은 조금만 움직여도 뼈를 아프게 하고 몇 걸음 걷지 않아도 숨차게 만들었다. 탄탄하던 근육은 노인의 것과 같아져버렸다.

"건우의 재빈이 'PNH(발작성야간혈색소뇨증)'를 동반하고 있습니다. 혈관 내 적혈구가 파괴되면서 혈전이 생기고, 용혈 현상이 일어나 밤에 붉은 소변을 보는 병입니다. 총 10개국에서 50명이 등록돼 있을 정도로 희귀질환이지요. 아직 증세가 나타나지 않고 있습니다만, 만일의 경우를 위해 건우를 PNH 환자로 등록해놓는 게 좋겠습니다."

설상가상으로 PNH까지 두 개의 희귀 난치병이라니! 익도는 눈앞이 캄캄해졌다. 아무런 말도 못하고 있는 익도의 안색을 살피던 의사가 얼른 덧붙였다.

백혈구와 혈소판 수치가 안전선에 들 때까지 익도부부는 신생아를 보살피는 것처럼 아들의 위생과 섭생에 집중했다. 그 와중에 병이 난 것을 모르는 기획사나 예술단체에서 이따금 아들에게 안무를 의뢰해왔다. 함께 공연하자는 무용가의 제의도 들어왔다. 반가워해야 할 그 요청과 제의들이야말로 아들을 가장 힘들게 하는 부분이었다. 어렵사리 찾아온 기회들을 모조리 포기해야 한다는 사실이 아들에겐 통증보다도 더 지독한 통증을 안겨주었다.

"안 되겠어. 이제부턴 복싱을 해야겠어!"

몇 달을 궁리하던 끝에 아들이 결의에 찬 음성으로 말했다.

면역을 초기화해 새 면역을 만들고 있듯, 춤을 다시 추기 위해서는 소실된 근육들을 죄다 새로 만들지 않으면 안 되었다. 춤으로 생성된 근육은 운동으로 만들어진 근육과는 근본적으로 달랐다. 그것들은 아주 얇게, 뼈의 외면에서부터 한 겹 한 겹 쌓여서 형성되는 섬세하고 부드러운 근육이었다. 눈물겹게 애써서 새로 만든 근육은 금세 빠져 나가버렸고, 재생되는 속도는 그와 반대로 기가 막히게 느렸다. 결국 무용을 포기할 줄 모르는 아들은 마지막 강구책으로 복싱에 매달렸다.

처음에는 런닝머신을 타다가 화장실로 달려가 토했고, 근력운동 할 때는 현기증이 나 비틀거렸다. 하지만 아들은 기어이 권투 선수들과 똑같이 훈련 받으며 체력을 다져나갔다.

"완치 판정 받으려면 앞으로 3년을 더 버텨야 한다는 것 알고 있지? 아직 정상수치에 오른 건 아니지만 꼭 복학을 해야겠다니, 그럼 그렇게 해봐."

담당의사는 복학을 허락하면서 서서히 줄여오던 약도 한 번 중단해보자고 했다. 살면서 숫자에 그토록 연연해본 적이 또 있었던가. 익도는 아들이 채혈할 때마다 판결을 기다리는 죄수와도 같았다. 혈액 수치의 오르고 내림에 따라 익도와 그의 아내는 천국과 지옥을 오르내렸다.

"아버지 어떡하지?"

익도의 아내가 한숨을 쉬며 물었다.

"이렇게 된 거 우리가 모셔야지 어쩌겠어."

익도 아내는 며칠째 잠을 못 자고 뒤척였다. 종교재단이 운영하는 요양원에서 수년간 처부모가 지불하고 있던 비용은 만만치 않은 액수였다. 요양원 생활이 5년을 넘어서자 처부모는 불안해졌다. 거기다 자신들을 부양하리라 확신했던 아들에게선 아무것도 기대할 수 없게 됐다는 사실에 절망했다. 불안과 절망은 그들을 공포로 몰아넣었다. 하필이면 뉴스에선 생활고에 시달리다 자살한 독거노인들 이야기가 매일같이 보도되었다. 딸인 익도의 아내가 요양원을 드나들며 그들을 보살폈지만보다 적극적인 대책이 따라야만 했다. 풀이 죽은 채 아무 말도 못 하고 있는 아내에게 익도가 다시 말했다.

"장인 어른 모셔도 난 상관없어. 당신이 문제지. 난 출근하면 그만이고 밤에만 잠시 볼 뿐이잖아. 종일 집에서 같이 지내야 할 사람은 당신이니까 당신이 자신 있으면 모시는 거고, 당신이 못 모시겠다면 할 수 없는 거지. 요양원에 계속 계시게 하고 우리가 비용을 부담하는 수밖에."

그때는 쉬울 줄 알았다. 일상의 문제쯤은 자신에게 어떤 영향도 미치지 못하리라 여겼고, 자신은 뭐든 웬만해선 포기하지 않는 인내심과 포용력을 지녔다고 믿고 있었다. 그런데 생각지도 않았던 부분들이 익도의 신경을 옥죄어왔다. 더구나 오로지 자기 아들만을 생각하고 기다리는 장인에게 관심을 보이기란 먹기 싫은 음식을 삼킬 때만큼이나 힘든 노릇이었다. 그의 잦은 병치레를 지켜봐야 하는 것도 점점 부담스러워졌다.

수저를 꺼내려는데 또다시 장모음성인지 아내 목소린지 모를 웅얼거림이 익도의 귓전에 울렸다. 그는 흠칫하며 아내를 유심히 살폈지만 그녀는 그저 밥만 먹고 있을 따름이었다.

삼 년 전 익도의 아내가 효도상을 탈 때, 상품으로 명품 유기 세트를 받았었다. 칠천 세대가 넘는 익도의 아파트에선 연례행

사로 어버이날이면 효자 효부를 선발해 시상했다. 노인을 봉양하고 있는 세대를 파악해 적합한 세 사람을 가려 각각 기십만원 상당의 상금이나 상품을 선물했다. 익도의 아내는 자기는 상 받을 자격이 안 된다며 거듭 거절했지만 결국 시상식에 불려 나갔다. 아내는 장인에게만 그 유기를 사용했는데, 장인 초상을 치르고 나자 그릇은 싱크대 속에 처박아 두고 수저만 수저통에 꽂아놓았다. 스텐 수저들보다 그윽한 빛깔의 놋수저는 눈에 띠기 마련이어서 자연적으로 손이 갔다.

어떻게 해야 좋을지 몰라 눈만 껌뻑거리고 있는 익도에게 이번에는 혀 차는 듯한 소리가 들려왔다.

익도는 눈을 부릅뜨고 아내를 노려봤다. 아내는 여전히 먹는 데만 열중해 있을 뿐이었다. 이런 해괴한 현상을 어떻게 해야 하나, 그는 슬슬 고민이 되기 시작했다. 물론 자신이 장인을 모질게 대하기는 했다. 장인이 말을 걸어와도 무시하고 외면했다. 종일 집에 있어도 그에게 말 한마디 건네지 않았고 아무런 관심도 눈길도 주지 않았다. 사실 익도가 집 장만할 때나 사업이 어려워졌을 때 관심 가져주었던 이는 처부모 밖에 없었다. 손 내밀지 않아도 선뜻 큰돈을 마련해줬던 유일한 사람도 바로 장인이었다. 장인 입장에선 자신이 배은망덕한 놈임엔 분명했다. 하지만 익도는 그에게 소리치고 싶었다.

"장인 어른도 내 입장이 돼보세요!"

옷을 갈아입으려던 익도는 마침내 짜증이 폭발했다. 익도 아내는 전부터 장인의 옷을 자꾸 그에게 입히려고 했다. 안 입는다고 했는데도 장인의 카디건을 또 익도의 옷장에다 걸어놓은 거였다.

"이 옷 안 입는다고 했잖아. 왜 자꾸 여기에 걸어두는 거야!"

"아직 멀쩡한데다 더구나 고급 순모잖아. 당신한테 잘 어울리는데 왜 안 입겠다는 거야?"

"그렇게 좋으면 당신이나 입어. 난 입기 싫단 말이야!"

그의 아내는 전부터 익도가 옷을 잘 갖춰 입지 않는 걸 못마땅해 했다. 계절에 좀 맞게 입어라, 때와 장소에 어울리게 입어라, 품위 없이 옷차림이 그게 뭐냐며 타박하곤 했다. 그때마다 익도는 옷도 내 마음대로 못 입느냐 짜증을 부렸고, 그런 것쯤은 마누라 말 좀 듣지 옷이 없으면 몰라도 있는데 왜 자꾸 아무렇게나 입어. 제발 똥고집 좀 그만 부려! 라는 아내의 잔소리로 신경전이 끝나곤 했다.

아내가 옷을 마련해주기 전까진 익도 스스로 옷을 산 적이 없었다. 클 때는 형의 것들만 대물림했고, 직장 다니면서도 막내 동생 학비 맞춰주느라 의복 따위에 신경 쓸 여유를 가져보지 못했다. 반면에 장인은 집을 나설 때면 언제나 양복을 말쑥하게 차려입었다. 고급 천으로 계절마다 여러 벌씩 마련해놓고 번갈아가면서 입었다. 그러니 외관에 신경 쓰지 않는 익도가 아내에겐 불만스럽지 않을 리 없었다.

아내가 뒤돌아서 가는데 또다시 그 쯧쯧거리는 기분 나쁜 소리가 들렸다.

겁에 질린 익도는 얼른 입고 있던 장인의 남방을 벗어서 확 던져버렸다.

익도의 아들은 병이 나고부터 제 엄마 건강에 관심이 유별나졌다. 제 엄마가 앉아서 책을 보거나 컴퓨터에 눈 박고 있으면 꼭 잘못된 자세를 바로 잡으려 들었다. 뒤로 다가가 자세가 나쁘다면서 올라간 어깨나 구부정한 등을 톡톡 두드렸다. 식사 중에도 목이 앞으로 빠져나와 있다면서 턱을 넣고 가슴을 펴라고, 뒷목에서부터 허리뼈가 시작된다는 등의 잔소리를 늘어놓왔다. 그때마다 무안해진 익도의 아내는 밥 좀 먹자고, 이러다 체하겠다고 투덜거렸다.

"무릎 좀 구부려. 엄만 로버트야? 아무리 말을 해도 어쩌면 그렇게 무릎을 구부릴 줄 몰라!"

아들의 극성은 길을 갈 때도 마찬가지였다. 제 엄마 종아리를 걷어찰 듯이 야단을 쳐대기도 하고, 제 엄마의 턱과 뒤통수를 잡고 무를 뽑듯 쭉 당겨대기도 했다. 그런 무지막지한 행동을 아들은 길 한복판에서도 서슴지 않았다. 그 모습을 누군가가 봤다면 십중팔구 익도의 아들을 막돼먹은 녀석이라고 욕을 했을 터이지만, 아들은 남들의 시선 따윈 전혀 아랑곳하지 않았다. 제 엄마에게 잘못된 몸자세를 지적할 때만 유난을 떠는 게 아니었다. 혼잡한 대학가에서 제 엄마어깨에 팔을 두르고 껴안다시피 하며 걷다가 혹 도로 쪽에 제 엄마가 서게 되면, 얼른 자리를 바꿔 인도 쪽으로 제 엄마를 밀어 넣었다.

남편인 익도도 하지 않는 행동을 아들은 제 엄마에게 스스럼없이 해댔다. 때론 혹독한 트레이너였다가 연인처럼 다정하게 굴고, 더러는 친한 친구인양 제 생각을 무람없이 이야기했다. 특히 창작에 대한 의견을 나눌 때면 한 치의 양보도 없었다. 둘은 호흡이 잘 맞다가도 결론에 도달할 때가 되면 언성을 높이고 씩씩거리다 각자의 방으로 문을 쾅 닫고 들어가 버리기 일쑤였다. 그리곤 잠시 후 아들은 소리쳤다.

"엄마는 왜 그렇게 부정적이야? 옳으니 그르니 판단하려들지 마. 제발 틀을 좀 깨라고!"

제 엄마는 주로 도덕적인 것을 강조했고 아들은 그때마다 본능의 중요성을 주장했다. 익도의 아내는 아들이 그렇게 으르렁거릴 때마다 자신의 이십 대를 보는 것 같다며 푸념을 늘어놓았다.

"나도 너만 할 땐 외할머니가 답답했다. 도리 따위에 필요 이상으로 신경 쓰는 것 같아 못마땅했지. 그래서 나도 너처럼 엄마는 고루하다고 비판했다. 그러면 네 외할머니는 그러셨지. 너도 나중에 자식 놔봐라. 너랑 똑같은 자식 키워보면 내 마음 알 거다. 그러면서 또 한 마디 덧붙이셨지. 참 더러운 게 부모다! 하고."

"쳇, 엄마는 곤란해지면 꼭 옛날이야기를 해."

아들이 입을 삐쭉 내밀며 안 듣는 척 몸을 돌리자 익도가 끼어들었다.

"너 더럽다는 게 무슨 뜻인지 아냐? 마음이 상처 입어서 너덜거릴 지경이라는 말이야. 그만큼 자존심이 심하게 손상됐다는 뜻이지."

"저희 남매들이 서로 눈짓을 주고받으며 '엄마는 뭐 원래 그러니까…' 하지 않겠어. 애들이 그런 식으로 체념하듯 말할 땐 정말이지 내가 여태 헛살았나, 싶다니까."

그의 아내는 또래 여자들보다 자신은 시류에 휩쓸리지 않는다고 여겼다. 누구보다도 정의롭게 소신껏 살고 있다는 자부심을 가진 여자였다.

"…그런데 이제는 그것들이 다 부질없다는 걸 애들이 자꾸 일깨워주고 싶어 하는 거야."

아들이 요양을 끝내고 복학하러 가버리자 익도의 아내는 내내 울적해했다. 아들의 빈자리는 너무나 커 작은 평수의 아파트가 때론 운동장처럼 휑댕그렁하게 여겨지기도 했다. 아들은 같이 있는 동안 그들 부부에게 매일같이 뭔가를 함께 하자고 요구해왔다. 제가 추천하는 음악과 영화를 같이 듣고 관람하자 했으며 바닷가로 가 물수제비를 뜨자고도 했다. 탁구나 배드민트 등의 공놀이를 함께했고, 클라이밍과 VR게임도 같이하러 다녔다.

"내가 언제 또 엄마 아빠랑 이렇게 많은 시간을 함께 보낼 수 있겠어요."

그리곤 비장한 표정을 지으며 다시 말했다.

"나, 다 나으면 진짜로 다시 태어난 사람처럼 살 거야. 공연 시작하기 5분 전처럼."

"왜 하필 5분 전이야?"

사과를 깎고 있던 아내와 티비를 보던 익도가 동시에 아들을 쳐다보며 물었다.

"평소에는 춤을 잘 춰야한다는 생각에 사로잡혀 있을 때가 많아요. 그런데 공연 시작할 때가 되면 달라져요. 그때부터는 이상하게 욕심을 싹 버리게 되거든요. 잘해야겠다는 생각조차도 안 들어요. 대기실에서 무대로 올라서기 5분 전쯤 되면 그때부턴 오로지 춤 그 자체에만 집중하게 되거든요. 그러면 저랑 무대가 구분되지 않아요. 마치 내 몸이 하나의 공간이 돼버린 것만 같거든요."

머리를 긁적이며 말을 시작하던 아들이 한껏 고무되어 춤 이야기를 이어갔다. 그런 아들의 목소리는 편안했고 얼굴은 점점 환해져서 눈이 부실 지경이었다. 그토록 낯선 아들을 보는 건 익도에겐 처음 있는 일이었다. '여태 이 녀석에 대해 내가 알고 있었던 게 뭐지?' 아들이 왜 춤을 추려고 하는지, 어떤 무용가가 되고 싶은지 익도는 아들에게 한 번도 물어보지 않았다. 아니, 그런 걸 궁금해한 적조차도 없었다.

"아프게 되고 나서 앞으로 다신 춤을 못 추게 될지도 모른다고 생각했어요. 그런데 이제 다시 공연할 수 있게 된다면, 마지막 무대일지 모른다고 생각하며 추게 될 거 같아요. 그럼 움직임 하나하나가 그냥 춤이 아닌, 정말로 살아있는 춤이 될 거 같아요. 뭐든 그렇게 하면 잘될 거 같다는 생각도 들었어요."

아들은 마치 영영 떠날 사람처럼 하루하루에 의미를 두는 것처럼 보였다. 독에다 내용물을 켜켜이 눌러 담듯 추억들로 꽉 채워진 시간들을 보내려 했다. 그런 아들을 볼 때마다 익도는 자신도 모르게 누군가를 떠올리고 있었다.

인정하고 싶지 않지만 그 사람은 바로 장인이었다. 장인과 같이 한집에 살면서도 그는 뭔가를 함께 해보려고 한 적이 없었다. 소통하려는 노력조차 하지 않았고 그저 아내가 요구하는 것만 마지못해 응하는 식이었다. 그마저도 내키지 않으면 한사코 하려들지 않았다.

"아버지 모시고 사우나 한 번만 갔다 와줘, 응?"

장인이 뇌경색으로 거동이 원활해지지 않자, 평소 목욕을 즐기던 그를 위해 아내가 익도에게 신신당부를 했다. 그때마다 그는 난 사우나 같은 건 딱 질색이야, 라며 끝내 그 부탁을 묵살해버렸었다.

만일 장인과 함께하는 시간을 조금쯤 가졌더라면 그를 잘 이해하게 됐을까. 그랬더라면 마음이 더 편할 수 있고 환청을 듣는 일도 안 생겼을까. 그랬더라면 아들이 몹쓸 병에 걸리는 일도 안 일어났을까!

지팡이를 짚고 힘겹게 걸어가던 장인의 뒷모습이, 산책로 벤치에 앉아 먼 산을 바라보던 장인의 쓸쓸한 얼굴이 떠올랐다. 뒤이어서 아내 얼굴도 겹쳐졌다. 어쩌면 정작 힘들었던 사람은 장인이나 익도 자신이 아니었을지도 몰랐다. 남편이 자기 아버지를 박대하는 걸 수년간 지켜봐야 했던 자기 아내야말로 가장 힘든 시간을 보냈을지도 모른다는 생각이 불현듯 뒤통수를 후려치듯 스치고 지나갔다.

아파트 산책로를 걷는데 익도의 아내가 옆에서 "5분 전이야." 하며 쿡쿡 웃는다. 아내가 턱짓하는 곳을 보자 저만치에 '5분 전'이 걸어가고 있다. 청바지에 베이지색 트렌치코트를 입은 사내. 우중충한 검정색 잠바를 입은 여느 때와 달리 제법 말쑥한 차림이다. 여전히 고개를 한쪽으로 기울인 채 무슨 말인가를 연신 해대며 걷고 있다. 처음엔 이어폰을 꽂고 누군가와 통화하고 있는 줄 알았다. 거리에서 마주칠 때마다 그의 행동과 표정엔 조금의 변화도 없었다. 고개는 늘 똑같은 방향으로, 시계의 분침이 55분을 가리키는 각도로 기울어져 있었다. 그래서 익도부부가 붙인 별명이 '5분 전'이었다.

'5분 전'은 얼굴이 검다. 때론 심각한 질병을 앓고 있는 안색인 남자. 익도는 그 사내를 볼 때마다 붙잡고 물어보고 싶어진다. 무엇이 당신으로 하여금 계속 이야기하게 만드느냐고. 혹시 당신에게도 어느 혼령이 찾아와 말을 걸고 있는 것 아니냐고. 아무도 듣지 못하는 소리가 그 사람의 귀에만 들리는 게 분명하리라. 그래서 그 무엇과의 소통을 이어가려고 끝도 없이 이야기하고 있는 것인지도. 그렇다면, 익도 자신 또한 그 정체 모를 소리에 귀 기울이고 응답해야 할 일 아닌가!

자기 의견을 강하게 피력하는 토론자의 제스처처럼 '5분 전'은 연신 두 손을 흔들어대며 이야기에 열중하고 있다. 오늘따라 익도에겐 사내의 태도가 새삼 절실해 보인다.

설명

1 조조(曹操) : 삼국시대 위 나라의 시조(始祖)(155-220). 자는 맹덕(孟德). 황건의 난을 평정하여 공을 세우고 동탁(董卓)을 벤 후 실권을 장악하였다. 208년에 적벽(赤壁) 대전에서 유비와 손권의 연합군에게 크게 패하여 중국이 삼분된 후 216년에 위왕(魏王)이 되었다. 권모에 능하고 시문을 잘하였다. (표준국어대사전)

2 다산(茶山) : 정약용의 호. 조선 후기의 학자(1762-1836). 문장과 경학(經學)에 뛰어난 학자로, 유형원과 이익 등의 실학을 계승하고 집대성하였다. 신유사옥 때 전라남도 강진으로 귀양 갔다가 19년 만에 풀려났다. 저서에 『목민심서』, 『흠흠신서』, 『경세유표』 등이 있다. (표준국어대사전)

3 옹화(雍和) : 서로 뜻이 맞고 정다움. =화목 (표준국어대사전)

할머니는 코끼리를 탄다

명상센터

"지게에 실은 짐을 마당에다 휙 부리는 것처럼, 온몸의 기운을 ¹단전(丹田)에 휙 부리십시오. 눈, 코, 입, 몸, 마음이 함께 있다고 여기고 내가 단전이 되게 해야 합니다. 마음의 기운으로 호흡의 시작과 끝을 바라보세요."

최 원장의 강의에서 부리다란 뜻이 내려놓다인 건 알고 있었지만 기운을 단전에 휙 부린다는 게 어떻게 하는 걸 말하는지 감이 잘 오지 않았다. 그러다 티비에서 한 농부가 지고 있던 볏단을 바닥에다 풀썩 내려놓는 모습을 보고서야 이해할 수 있게 되었다.

그 동작은 최 원장이 이야기한 '선의 목적은 마음의 자유이고, 좌선의 목적은 비움이다'고 한 대목과 상통해보였다. '획 부린다'는 건 어쩌면 '비움'과 '자유'를 한꺼번에 동작으로 보여주는 걸 표현하는, 가장 적절한 문구일지도 모른다는 생각이 들었다.

명상센터를 찾은 건 순전히 외할머니에 대한 기억 때문이었다. 외할머니는 내가 유일하게 좋아했던 여자였으며, 모든 망자들 중에서 내가 가장 만나고 싶어 하는 사람이었다. 어렸을 때 잠에서 깨어나면 제일 먼저 보게 되는 건 언제나 무릎 꿇고 기도하는 할머니 모습이었다. 그리고 밤이 되면 난 또다시 단정하게 앉아 기도하거나 명상에 잠긴 그녀를 보면서 잠이 들었다. 그럴 때의 할머니는 너무나 경건해보여서 차마 할머니, 소리쳐 부를 수가 없었다. 하루는 할머니의 명상과 기도가 모두 끝나길 끈질기게 기다렸다가 말했다.

할머니, 나 할머니 기도하는 거 보면서 무슨 생각 했는지 알아? 무슨 생각했는데? 우리 할머니 참 예쁘다. 사진에 있는 마리아랑 똑같아! 그랬어. 쯧쯧, 마리아가 들으면 기분 나쁘겠다.

할머니는 이렇게 등도 튀어나왔는데? 아냐, 그래도 할머니는 예뻐. 엄마보다, 마리아보다, 미스 코리아보다도 더.

할머니는 내 말을 웃어넘겼지만 유소년기의 난 정말로 할머니가 세상에서 가장 멋진 사람이라고 생각했다. 누구든 함께 있으면 웃지 않을 수 없게 만드는 뛰어난 재치와 유머 감각, 사람들을 대하는 따뜻하고 너그러운 태도, 어떤 문젯거리도 척척 해결해내는 슬기로움과 놀라운 손재주. 어느 누구도 그녀를 좋아하지 않는 사람이 없었다.

할머니의 몸이 다른 사람들과 조금 다르다는 걸 알아채긴 했지만, 내겐 그런 것 따윈 몸에 난 작은 종기 정도로밖에 여겨지지 않았다. 물론 성장하면서 할머니의 신체장애가 불러온 여러 난제들을 목도해야 했지만. 그것들은 내가 전혀 원치 않던 일이었기에 상기하거나 이야기하고 싶지가 않다. 어쨌거나 삼십여 년이 흐른 지금, 나는 할머니가 하루도 거르지 않고 하시던 선(禪)을 배우기 위해 명상센터에 다니고 있다.

"대부분이 수년간 선을 한 사람들이고, 어떤 사람은 수십 년간 좌선을 해왔대."

처음 명상센터에 다녀온 이야기를 남편에게 했을 때, 그는 입을 하 벌리며 오버액션을 취했다.

"가장 오래 선을 했다는 그분이 내 바로 맞은편에 앉아있는데 포스가 장난이 아닌 거야. 한눈에 딱 봐도 보통사람하곤 달랐어. 굉장히 안정감 있어 보였고 함부로 대하지 못할 위엄 같은 게 뿜어져 나오는 거 있지."

"그럼 혹시 그 사람에게서 빛 같은 것도 나왔어? 그림이나 사진을 보면 대개 성자나 큰 도인들에게 후광 같은 게 있잖아."

"아니, 그런 건 없었어."

'그런데 어렸을 때 그 비슷한 걸 본 적은 있었어.' 말하려다가 그만두었다. 내가 봤던 건 누르스름한 빛을 띠고 있었고 둥그렇게 할머니의 머리 위에 떠 있었다. 어쩌면 달빛으로 인한 착시 현상이었는지도 몰랐다. 하지만 어린 내 눈엔 '알라딘의 램프'에서 지니가 나올 때의 장면만큼이나 신비로워 보였다.

선 시간이 끝나고 창 쪽으로 고개를 돌리자, 백목련 나무가 손을 흔들어댔다. 완전히 힘을 빼고 춤추는 능숙한 무용가처럼 다양한 템포로, 풍향과 풍속에 따라 라데츠키 행진곡처럼 경쾌했다가 브람스의 자장가처럼 부드럽게 일렁였다. 그 모습은 전날에 봤던 춤 공연을 다시 떠올리게 만들었다.

대학로에서 두 명의 무용수가 버스킹을 하고 있었는데, 각기 나무와 우주인 역할의 춤을 추는 중이었다. 나무 무용수는 머리와 두 팔과 두 다리, 허리로 나무의 고뇌를 실감나게 표현했다. 우주인 무용수는 생명의 기원을 찾아가는 춤을 추었다. 마치 두 다리와 두 개의 팔이 다섯 쌍의 다리를 가진 갑각류의 다리들처럼 발랄하고 자유로웠다.

진짜주인

"우리 집의 진짜 주인은 누굴까?"

에어프라이어에서 찐 고구마를 꺼내는데 남편이 다가오며 물었다. 휴일이라고 새벽까지 티비를 본 그의 얼굴이 부스스하다.

"난데없이 그게 무슨 소리야? 주인이 누구냐니."

"어젯밤 싱크대 위에서 중년으로 보이는 바퀴벌레를 봤거든."

"뭐, 또 바퀴벌레가 나왔어? 한동안 안 보인다싶더니 어떡하지. 그래서 잡았어?"

"아니, 등껍질 색이 유난히 곱고 반질반질하더라고. 그래서 녀석의 몸매를 감상하느라고 잠시 머뭇거렸지. 그러는 사이 녀석이 그만 달아나버렸어."

"놓쳤다고? 바퀴벌레 몸매를 감상하느라고?"

"응, 그런데 바퀴벌레가 도망가면서 툴툴대는 것 같더라고. 그래서 내가 녀석의 말을 들어보았지."

"나 원 참, 이젠 바퀴벌레가 하는 말도 다 들려? 그래, 뭐라고 하셨어, 그 고운 몸매를 한 분이."

"우리는 이 집이 지어지자마자 이주해서 대대손손 살고 있는데, 너희들은 매번 이 사람 저 사람으로 바뀌면서 잠시잠시 살다가 갈 뿐이야. 그리고 우리는 24시간을 이 집에서 상주해 살고 있는데, 너희들은 아침에 잠깐 꾸물대고는 낮에는 집에 붙어있지도 않지. 그러다 저녁에 들어와서는 또 기껏 몇 시간 시끄럽게 굴다가 잠자지? 우리는 종일 온 집안 구석구석을 살피고, 천장과 바닥, 심지어 벽 사이의 공간들도 다 살펴본다고. 그뿐인 줄 알아? 하수구랑 그 비좁은 배관까지도 수시로 둘러보고 그런다고! 그러더라고."

어처구니가 없어 듣는 둥 마는 둥 했지만 어찌 보면 바퀴벌레도 제 입장이란 게 있지 않을까, 싶기도 했다. 그래서 남편이 하는 말을 계속 들어보았다.

"그 말을 듣고 생각해보니 실제로 우리가 힘 좀 세다고 늦게

와서는 주인 행세 하는 게 맞더라고. 툭하면 저들에게 무력으로 행사하고, 강제 추방까지 시키는 행태를 부리며 살고 있는 게 우리 사람들이니까. 그래서 계속 녀석의 말에 귀 기울였지."

남편 얼굴에 있음직한 장난기는 보이지 않았다. 러시아 재현에 발광한 푸틴의 우크라이나 침공이나 풀브라이트 패밀리 문제, 또는 대통령 집무실 이전이 시급하고 중요한 안보 문제인가, 같은 시사 문제를 토론할 때처럼 진지한 얼굴로, 정말로 바퀴벌레의 이야기를 듣기라도 한 것처럼 말했다.

"우리도 코로나를 찾아가든지, 아니면 코로나는 비싸니까 조류독감이나 구제역이라도 찾아가서 MOU를 체결하든지 해야지 원, 눈꼴 시려서…그러더라고. 그러곤 확 등을 돌려 가버렸어."

남편의 엉뚱하면서도 능청스런 바퀴벌레 이야기를 듣고 나자, 나도 불현듯 괴상야릇했던 AI가 생각났다.

"얼마 전에 한 카페에 갔는데 체온 측정기가 이상한 말을 하더라고. 내 앞에 줄서 있던 여자가 체온 측정기 앞으로 갔는데, 글쎄 '사람이 아닙니다'라는 거야. 화들짝 놀란 여자가 뒤로 물러났다 다시 다가갔어. 그렇게 몇 차례를 반복하는 동안에도 그때마다 기계에선 변함없이 똑같은 멘트가 나오는 거야."

"그래? 그런 말 하는 체온 측정기도 다 있어? 여태 정상 체온입니다, 라는 소리밖엔 못 들어봤는데."

"그러게 말이야. 보다 못한 여자의 남편이 여자를 밀치고 자기가 기계 앞에 가 서더라고. 당연히 정상 체온입니다, 할 줄 알았지. 근데 남자에게도 똑같이 '사람이 아닙니다' 하지 않겠어."

"정말? 그 사람 황당했겠다."

"몇 번이나 기계 앞으로 다가서던 남자는 결국 얼굴이 벌개져선 여자를 끌고 밖으로 팩 나가버렸어."

"당신이 그 앞에 섰을 때는 뭐라고 했어?"

"그 다음이 바로 내 차례였어. 뭐라고 할지 나도 궁금해지더라고. 한 발 앞으로 갔어. 기계 앞까진 한 발짝 더 가야 하는데 다시 발을 내딛기도 전에 멘트가 나오더라고."

"뭐라고. 사람이 아니라고?"

"아니, '정상 체온입니다'라고. 이상하지 않아? 왜 그 두 사람에게만 사람이 아니라고 했을까?"

"그런 경우는 대개 AI의 오작동 때문이지. 열 체온기 같은 그런 기계들은 아주 단순하게 설정돼 있으니까. 그렇지만 정상 체온이다 아니다 하지 않고 사람이 아니라고 했다면 그들이 정

온동물이 아니라는 얘기지. 체온 수치가 턱없이 낮거나 높은 경우일 테니까."

"뭐? 그럼 그 여자와 남자가 진짜 사람이 아니었을 수도 있다는 말이야?"

코끼리와 할머니

"망념이 생기면 없애려 애쓰지 말고 망념이 들어왔구나, 알아차리기만 하면 됩니다. 그렇게 알아차리는 즉시 대부분의 망념은 저절로 사라지니까요."

내가 선을 할 때 불필요한 생각들이 자꾸 끼어든다는 고민을 털어놓자 원장이 말했다. 이상하게도 선에 집중하려고만 하면 코끼리의 영상이 보이거나 어렸을 때 할머니와 이야기하던 장면들이 자꾸 연상되었다. 어쩌면 지난달에 꿨던 기이한 꿈 때문인지도 몰랐다.

꿈에 그들이 나타났다. 그들이 발걸음을 옮길 때마다 바닷물이 활모양으로 튀어 올랐다. 두 귀를 부채처럼 펄럭이는 그들의 몸짓이 경쾌하고 발랄해 영락없이 소풍 나온 악동들이었다. 그들 중 대장으로 보이는 코끼리의 눈은 희한하게도 할머니의 눈을 닮아 있었다. 장난기 가득한 초승달 모양의 눈. 그래서인지 입은 웃고 있는 것 같았다. 다른 코끼리들의 표정도 녀석과 별반 달라 보이지 않았다. 내 옆에 있던 할머니가 마주 선 대장 코끼리에게 손을 흔들어주자, 녀석은 긴 코를 그녀에게로 내밀었다. 으쓱해진 할머니는 제자리에서 빙그르르 돌고는 오른손 검지를 치켜세워 코끼리의 코끝에 갖다 댔다.

할머니 꿈을 여러 차례 꿨지만 이처럼 야릇하고 생생한 꿈은 처음이었다. 꿈속의 할머니는 나이기도 했다가 또다시 할머니로 바뀌기도 했다. 손가락 끝에 닿던 코끼리 코의 감촉이 아직도 내 손끝에 생생하게 남아있다. 난 꿈속에서조차 이게 꿈이 아니라면 얼마나 좋을까 하며 깨어나지 않게 되길 바랐다. 꿈속의 할머니는 인형만큼 작아져 있었지만, 난 그녀를 다시 만날 수만 있다면 그 어떤 모험이라도 얼마든지 감행하리라 싶었다.

줄곧 우두커니 앉아 있자, 남편이 왜 그러냐고 물었다.

"할머니 꿈을 꿨어. 그런데 너무나 생생해서 꿈 같지가 않아. 할머니가 인형만큼 작아져 있는 거야. 내 가방 안에 들어갈 만큼. 참, 그러고 보니 할머니 등이 튀어나오지도 않았어! 꿈에서는 할머니 몸에 장애가 없더라고. 아이 같이 잘 걷고 몸이 공처럼 가벼웠어. 근데도 그게 전혀 놀랍지가 않은 거야."

꿈에서 할머니는 내 빨간색 [2]프라이탁 백팩을 몹시 마음에 들어 했다. 그녀는 그 가방 안에서 얘야, 여긴 참 안정감을 주는구나, 라며 내 얼굴을 올려다보고 만족스런 표정을 짓기까지 했다.

"할머니였는지 나였는지 분명히 알 수는 없었지만, 제일 첫 장면은 할머니가 책을 읽고 있는 거였어. 자세히 보니까 추리소설이야. 제목은 기억나지 않는데 할머니가 평소에 좋아하시던 일본 유명 추리소설 작가가 쓴 책이었어."

"와~ 할머니가 원래 추리소설을 읽으셨어?"

"할머닌 추리소설 마니아였어. 일본 작가들의 추리소설을 특히 좋아하셨지. 일어를 잘하시니까 원서를 읽기도 했고. 근데 할머니가 나를 보자마자 이러는 거야. '처음부터 사건이 전개되어야지 서론이 길면 아무리 좋은 책이라도 보기 싫어져.' 그리곤 내가 추리소설을 왜 좋아하냐고 물으니까 이렇게 말해. '먼저 사건으로 시작된다는 점이 마음에 들어. 거기다 반전에 반전을 거듭하면서 문제를 해결해나가잖아. 그런 추리소설만큼 짜릿하고 흥미로운 게 또 어디 있겠니'라고. 단 일 초의 망설

임도 없이 말이야."

남편은 처음으로 할머니에게 관심을 보이며 꿈 이야기를 계속하라고 채근했다.

"암튼 꿈속에서 할머닌 밤 바다가 보고 싶다는 거야. 그래서 할머니가 들어간 백팩을 메고 바닷가로 갔어. 바다가 하늘과 구별되지 않을 만큼 어두웠어. 그래서인지 검은 물결은 거대한 동물이 엎드려서 시커먼 몸을 들썩이고 있는 거 같더라고. 내가 말했어. 할머니, 바다가 귀를 기울이고 있는 것처럼 보이지 않아? 여차하면 일어서서 다가올 것만 같아. 어째 으스스한데. 내 말이 끝나기가 무섭게 바다가 사나운 짐승처럼 소리쳤어. 그리곤 파도가 들이치는데, 그것들이 죄다 벌떡 일어서는 거 아니겠어."

가만히 듣기만 하던 남편이 이제는 꿈 해몽을 하려고 들었다.

"더 들어봐. 이야기는 이제부터 시작이니까. 그래서 난 너무 놀라 뒷걸음질 쳤어. 그러다 발을 헛디뎌 모래밭에 벌렁 나자빠진 거야. 그 바람에 할머니가 가방에서 튕겨 나와 높이 솟아올랐어. 근데 할머닌 마치 공중 곡예사처럼 능숙하게 공중을 한 바퀴 돌고 나서 착지하더라고. 그때 또다시 집채만 한 파도가 들이치는 거야. 근데 글쎄, 그게 모두 하얀 코끼리들로 돌변하는 거 있지."

단춧구멍만한 남편의 눈이 왕방울처럼 커지고, 먹이를 앞에 둔 돼지처럼 콧구멍까지 벌렁거렸다.

"코끼리들이 떼를 지어 걸어오는데 그야말로 장관이었어. 그들이 발을 내딛을 때마다 하얗게 물보라가 튀어 오르고 시커멓던 바다는 대낮처럼 환해졌어. 마치 바다가 일어서서 걸어오는 것 같은 거 있지. 난 그 자리에 얼어붙을 만큼 무서웠어. 그런데도 그들에게서 잠시도 눈을 뗄 수가 없는 거야. 대장으로 보이는 제일 덩치 큰 코끼리가 할머니 바로 맞은편에 있었어. 처음엔 앞발을 들어 올리고 머리를 흔들더니 큰 귀를 펄럭이면서 걸어오질 않겠어. 그 동작이 무슨 신호처럼 보였는데, 난 겁이 나서 할머니, 조심해! 소리쳤어. 할머니는 겁을 내기는커녕 죽었던 사람이 살아 돌아오기라도 한 것만큼이나 반갑게 코끼리를 맞이하는 거야. 마치 수십 년, 아니 수백 년은 기다렸다는 듯이 말이야."

남편에게 꿈 이야기를 들려주기 전까지만 해도 잘 몰랐다. 내가 할머니를 얼마나 보고 싶어 하는지를. 할머니와 내가 주고받았던 이야기들 속에 이미 오래 전에 코끼리가 등장했었다는 사실 또한 꿈 이야기를 하면서 기억해냈다.

현아, 훗날 할머니가 안 보이면 먼 여행 떠났다고 생각해. 멀리 어디? 현아 두고 어디 가려고? 싫어, 가지 마! 거긴 현아가 따라갈 수 없는 곳이야. 그렇지만 갔다가 다시 올 거야. 언제 오는데? 그건 아무도 몰라. 언제 가는지, 언제 다시 오게 될는지. 그렇지만 다시 올 때는 다른 모습으로 올 거야. 어떤 모습으로? 현아는 할머니가 어떤 모습으로 왔으면 좋겠어? 응~ 코끼리. 이 세상에서 코끼리가 가장 크잖아. 아, 아니다. 그래도 난 지금 그대로의 할머니가 제일 좋아.

죽음의 유무

"현아님은 선을 하려는 게 할머니에 대한 기억 때문이라고 했는데, 할머님을 많이 좋아하셨나 봅니다."

최 원장은 처음에 내가 자기 소개를 할 때, 할머니가 명상하시던 모습이 너무나 인상적이어서, 라고 했던 참가 동기를 떠올린 모양이었다. 원장은 작은 체구에 미소년 같은 이미지를 지닌 중년남자였다. 미소를 짓고 있던 그의 얼굴이 느닷없이 꽈리고추처럼 쭈글쭈글해졌다. 곧이어 강의실이 떠나갈 것 같은 호탕한 웃음소리가 그의 입에서 터져 나왔다.

"사실은 저도 그랬거든요. 저를 선의 길로 이끄신 분이 바로 저의 할머니셨어요."

원장의 웃음소리에 멈칫했던 나도 덩달아서 소리 내어 웃었다.

"그런데 원장님, 선을 계속해서 높은 단계까지 가면 혹시 할머니의 영혼을 만날 수도 있을까요?"

"왜 할머니를 만나려고 하지요? 이미 돌아가신 분을요."

"요즘 들어 할머니 생각이 부쩍 나서요. 할머니를 한 번만이라도 만날 수 있다면 얼마나 좋을까 종종 생각해요."

내 얼굴에서 웃음기가 사라진 모양이었다. 난 늘 상대방의 눈을 보고서야 그걸 눈치챈다. "현아, 넌 웃어야 해. 네가 웃으면 주변이 얼마나 환해지는지 몰라. 그렇지만 웃지 않고 있으면 넌 꼭 성난 사람처럼 보여. 그럼 사람들이 너랑 얘기하고 싶어도 말을 못 걸잖아." 할머니는 이따금 그렇게 타일러주곤 하셨다. 원장은 내가 침울해져가고 있다는 것까지도 꿰뚫어 보는 듯했다.

"현아님, 전에도 말했지만 선의 목적은 비움에 있습니다. 의식이 깨어있는 상태에서의 비움 말입니다. 현아님의 돌아가신 할머니에 대한 감정은 집착입니다. 착심은 비움과 상대적이지요. 그것도 욕심인 겁니다."

"알아요. 집착하는 마음이라는 거. 그렇지만 할머닌 아직 죽지 않았어요. 죽는다는 건 생물학적 의미 외에도 잊히는 걸 말하잖아요. 그러니 제게 할머닌 아직 살아 있어요. 전 아직은 할머닐 죽게 하고 싶지 않아요. 지금 제가 잘살고 있는 건 할머니를 기억하기 때문이니까요. 그 기억들이 언제나 저를 지켜주는 것 같거든요. 아니, 그렇게 확신해요."

최 원장은 내가 속마음을 솔직하게 털어놓자 놀라는 눈치였다. 내가 잘살고 있는 게 할머니를 기억하기 때문이라는 대목에선 움찔하기까지 했다.

"그렇지만 할머님이 손녀가 당신에게 연연해하고 있는 걸 과연 바라실까요. 할머님은 제가 알기론 수행을 아주 많이 하신 분입니다. 사리에도 퍽 밝은 분이셨다고 들었어요. 제게 현아님을 소개한 기타원님이 그러시더군요. 할머님이 젊으셨을 때부터 기타원님과 친구셨다고요. 한때는 학우였다고도."

기타원 할머니를 만난 건 이십 년이 지난 일이었다. 할머니가 대퇴부골절상을 입고 병원에 입원했을 때였다. 할머니는 [3] 유일학림(唯一學林)에서 일 년간 수학할 때 그녀를 알게 되었다고 했다. 이후 그녀는 정녀로서 성직자의 길을 걷고 있었다. 눈이 부실 만큼 새하얀 모시저고리에 종아리까지 오는 까만 통치마를 입고 있었다. 거기다 둥글게 한 [4]까미 머리까지, 그 차림새는 마치 현재로부터 한 세기 이전의 시대와 한 세기 이후의 시대를 아울러서 살고 있는 사람 같은 묘한 인상을 주었다.

원장이 할머니 이야기를 꺼내자 그녀가 더욱 생각났다.

"그런데 현아님, 현아님은 선의 목적을 좀 더 분명히 하셔야 할 것 같습니다. 선은 망자와의 만남을 위한 수단이 될 수 있는 게 아닙니다. 깨달음, 즉 마음의 자유를 얻기 위해 마음 비우는 것을 목적으로 하는 수행법이니까요. 할머님이 선을 하셨던 이유도 그 때문이셨을 거고요. 그리고 중요한 건 죽음을 생과 사(生死)의 문제로 보지 말고, 유와 무(有無)의 관점으로 봐야 한다는 점입니다."

인식의 전환

"쓰레기통 주위는 왜 더러울까?"

앞치마를 벗으며 남편이 진지한 얼굴로 묻는다. 내가 아무런 대꾸도 하지 않자 그가 또다시 물었다.

"쓰레기통에 쓰레기를 버리는데 그 주변은 왜 다른 곳보다 더 더러울까?"

남편이 음식 쓰레기를 막 버리고 온 뒤에 하는 말이었다. 때문에 나는 음식 쓰레기통 주위에 떨어져 있는 음식 찌꺼기를 두고 하는 말이겠거니 했다.

"쓰레기를 버리다 보면 미처 다 들어가지 못해 주변에 흩어지곤 하잖아. 그래서 지저분해지는 거겠지."

"아니, 쓰레기를 쓰레기통에 버리니까 그 주변은 더 깨끗해져야 되는 거 아니냐고. 그런데도 왜 항상 쓰레기통 주변엔 다른 곳보다 쓰레기가 더 많은 걸까."

내 시큰둥한 반응에 그가 재차 물었다. 남편다운 질문이었다. 그는 언제나 보통사람들이 잘 하지 않는 생각이나 말을 했고 엉뚱한 질문들을 잘 던졌다. 찜솥에서 막 꺼내어놓은 통닭을 보고는 '닭이 땀을 뻘뻘 흘리고 있네!' 하거나, '코로나19를 사라지게 하려면 코로나와 ⁵천산갑이가 서로 양해각서(MOU)를 체결하게 만들어야 하지 않을까?'라고도 했다. 또 사람들이 담배꽁초를 아무 데나 버리는 걸 막으려면, 담배꽁초 버린 사람을 즉발해서 그때마다 백 개씩의 담배꽁초를 줍게 해야 해. 그래도 안 되면 버린 사람이 그다음에 버리는 사람을 다시 즉발하는 식으로, 계속 인계하게 만드는 거야, 라며 담배꽁초 처리 해결 방안을 말하기도 했다.

그는 곧 기밀을 누설하려는 첩보원같이 고개를 내 앞으로 들이밀고 속삭였다.

"인식의 문제 아닐까?"

"아~ 쓰레기통은 더럽다는 인식? 그게 주변을 더러운 곳으로 만든다고?"

내가 자기 말을 제대로 이해한 것이 반가운지 그의 목소리에 대번에 힘이 들어갔다.

"그래, 그거야!"

"그러니까, 한국 속담보다는 꼭 '외국 어디 속담에'라고 인용하면 많이 안다고 착각한다?"

"그렇지! 모텔에서 나오는 남자를 보면 모텔을 단지 숙소로만 이용했을 뿐인데도, 밤새 여자랑 정사를 치르고 나왔을 거란 상상을 하게 되는 것처럼 말이지."

남편은 말해놓고도 자신이 너무 과했다 싶은지 싱긋 웃으며 머리를 긁적였다. 그리곤 의자를 끌어당겨 자세를 고쳐 앉았다.

"그렇다면 쓰레기통에 대한 인식 전환이 필요하지 않겠어? 어떻게 하면 쓰레기통에 대한 인식이 바뀔까?"

내가 자기 말에 호응해주자 그는 점점 더 고무되어 내 앞으로 바짝 다가앉는다. 그리곤 엄숙한 표정을 지으면서 말했다.

"음, 쓰레기통은 말이야, 말을 하게 만들어야 해. 쓰레기를 밖에다 흘리는 사람이 있으면 '쓰레기가 어디에 몇 개 떨어졌으니 지금 주워야 합니다. 그렇지 않으면 벌금 1만 원이 청구됩니다.' 식으로 말이야."

"좋은 생각이야. 근데 그건 벌을 주는 방식이고, 상을 주는 방법은 어떨까. 떨어진 쓰레기를 주울 때마다 포인트를 적립해주는 거지. 그 누적된 포인트를 현금으로 바꿔준다거나 생활용품으로 대체해주는 식으로 말이야. 어때?"

빙고! 외치는 남편의 얼굴이 바람을 만난 바람개비마냥 활기를 띤다.

"그런데 당신 말처럼 인식을 전환시킨다는 것은 정말이지 어려운 일이야. 난 그 사실을 아주 오래전에 확인했어. 여섯 살 무렵 놀이터에서 모래 장난 할 때 들었던 이웃 여자들의 이야기가 아직도 생생해."

내가 초등학교에 입학할 때까지 우리 집은 외가와 같은 아파트의 아래위층에 살았었다. 405호 여자와 303호 여자가 전날 반상회에서 거론됐던 놀이터 폐지 취소 건에 대해 주고받는 내용이었다.

"403호 할머니가요?"

"네에, 놀이터에 놀이기구를 더 들여도 시원찮은 판에, 주차장 넓히려고 아이들 놀 공간을 없애버린다는 게 말이 되느냐면서요."

"그렇긴 하죠. 더구나 할머니는 거동이 불편해 밖에 못 나다니시잖아요. 그래서 매일 베란다에 앉아 밖을 내다보시고요. 애들이 놀이터에서 노는 거 보는 게 낙이실 텐데."

"그래도 그렇지, 할머니 참 대단하시지 않아요? 놀이터 없애는 거 막으려고 놀이 기구 교체 비용을 본인이 몽땅 부담하겠다니."

"손녀가 없다면 그러시기야 하겠어요. 자기 손주를 위해서 놀이시설물을 기부하는 거잖아요. 결국."

"암만 자기 손녀를 위한다고 해도요. 그네 두 개를 교체하는 데도 보일러 한 대 설치하는 비용만큼이나 든다면서요. 말이 쉽지 그만한 돈 내놓기가 어디 쉬운 일이에요?"

"하긴 우리 같으면, 우리 애가 종일 놀이터에서 놀지만 놀이터 지키려고 그만한 돈 내놓진 못하지요. 차라리 이사를 갔으면 갔지."

A동과 B동, 두 동이 있는 아파트에서 A동은 놀이터가 있어 B동보다 주차면적이 그만큼 좁았다. 때문에 놀이터 공간을 주차장으로 확보해야 한다고 반상회에서 의결된 적이 있었다. 어린아이가 있는 집과 없는 집 두 부류로 나뉘었는데 가구 수가 엇비슷했다. 반상회에서 어린이와 승용차의 유무를 놓고, 놀이터와 주차장에 대한 인식 차이 때문에 주민들이 서로 팽팽하게 맞섰던 일이 있은 후였다.

나는 할머니가 나를 위해서 위기에 처한 놀이터를 포기하지 않고 끝까지 지켜냈다는 사실을 명확하게 기억하고 있었다.

선정삼매(禪定三昧)

"선에 있어서 자세보다도 호흡이 더 중요합니다. 숨을 들이쉴 때 좁쌀만 한 영단을 쌓는 것처럼 하고, 내쉴 때는 자연스럽게 돼서 저절로 내쉬게 하세요. 풍선을 불 때는 힘줘 불지만 놓으면 저절로 바람이 빠지는 것처럼 말입니다."

원장의 강의는 선의 자세에서 호흡에 대한 것으로 넘어갔다. 어릴 때 나는 명상하고 있는 할머니 옆에 앉아서 그녀를 곧잘 흉내내보곤 했다. 그러면 나를 내려다보던 할머니가 빙그레 웃으면서 단전주(丹田住) 호흡법을 가르쳐주셨다.

"현아, 자, 할머니 따라해 봐. 배꼽에서 손가락 세 개 아래인 이 부분에 단전이 있거든. 이제부터 현아 마음이랑 코가 여기에 있다고 생각하고 숨을 쉬어봐. 천천히. 힘주지 말고."

나는 단추처럼 생긴 내 배꼽을 들여다보며 신기해서 까르르 웃었다. 그리곤 할머니가 손가락으로 짚어준 곳에 내 코가 있다고 상상하면서 숨을 들이쉬고 내쉬길 반복했다. 오르락내리락 하는 내 배를 보고 난 또다시 재미나서 까르르거렸다.

원장의 오랜 제자들은 그의 강의를 충분히 숙지하고 있는 것처럼 자신만만한 얼굴이었다. 원장은 지난시간에 '흡장호단(吸

長呼短)'을 하라고 이야기했다. 들이쉬는 숨은 길게 유념(有念)으로, 내쉬는 숨은 짧게 무념(無念)으로 하라는 뜻이었다. 그러고 나서 초보자들을 위해 덧붙였다.

"그렇지만 단전에 마음이 머물러 고요하고 평온하면 흡장호단의 호흡은 저절로 됩니다. 절대 서두를 필요가 없어요."

처음에는 단전으로 마음을 집중하는 게 오케스트라 연주에서 제1 바이올린과 제2 바이올린의 연주를 구별해내는 것만큼이나 어렵게 여겨졌었다. 그렇지만 이제는 때와 장소에 관계없이 언제 어디서나 단전주 호흡을 할 수 있게 되었다. 선을 할 때는 물론이고 아이들을 가르치거나 청소하고 음식을 만들 때조차도 단전으로 숨이 들고나는 걸 느낄 수 있을 정도까지 되었다. 그리고 무엇보다 제일 큰 변화는 내 의식이 호흡하고 있는 나를 지속적으로 바라볼 수 있게 되었다는 점이다.

"전에는 멍하게 앉아 있는 때가 많았거든요. 그럴 땐 선을 하고나도 머리가 맑지 못했어요. 원장님께서는 그런 걸 '습선(習禪)'이라고 하셨잖아요. 그런데 요즘은 선을 하고 나면 몸과 마음이 숲속에 앉아 있는 것처럼 상쾌해져요. 얼마 전부터는 선을 하는 동안엔 시간의 흐름이 잘 느껴지지 않을 정도이고요."

"그런 상태를 삼매(三昧)에 빠졌다고 하지요. 그럴 땐 한 시간이 십분 같고 십 분이 일분처럼 여겨지기도 한답니다. 마음을 한곳에 모을 수 있게만 된다면 일상생활에서 선정삼매에 드는 건 얼마든지 가능하지요."

원장은 말을 하다가 잠시 뜸을 들였다.

"단, 선정삼매에 들 정도가 되면 조심해야 할 것이 있어요. 그 정도가 되면 허공법계(虛空法界)에서 먼저 알아보기 시작합니다. 그래서 주위의 영(靈)들이 제도 받으려고 모여들기도 하고, 신장(神將)을 자처하는 영들이 찾아오기도 하죠. 절대로 방심해서는 안 됩니다."

원장은 내 선 수행에 진전이 있다는 걸 알고 반가워했지만 한편으로는 걱정도 되는 모양이었다.

"현아님은 할머님에 대한 애정이 각별해, 행여 삼매 중에 이상한 기틀을 보고 거기에 빠져들까 봐 실은 우려됩니다. 수행자들은 그런 부분을 가장 경계하지요."

그는 더 말하려다 말고 잠시 생각하더니 다짐을 주려는 듯이 말했다.

"현아님, ⁶자성 삼매(自性三昧)에 들고나면 그다음엔 자기 성품에서 발현된 광명을 볼 때가 분명 올 겁니다. 그것은 자성(自性)의 기운에서 나온 것이라 맑고 밝지만 눈부신 빛은 아니에요. 그리고 따뜻한 느낌도 받습니다. 몸에 따른 기운과 마음의 정도에 따라 빛깔이 다르게 나타나지요. 빛의 세기도 그렇습니다."

"원장님, 혹시 그 빛깔이 누런색을 띠기도 하나요?"

"앞서 이야기한 것처럼 빛의 색깔과 세기, 모양이 다양해서 흰색으로 보인다거나 거무스레하게 보인다고 말하는 사람도 있습니다. 그런데 단전주에서 나오는 빛은 황금색을 띠고 있어요. 다시 말하지만 눈부신 빛이 아니고요."

"어릴 때 할머니에게서 그런 누런빛을 본 적이 있어요. 머리 위에 둥글게 떠 있는 걸요. 그럼 만일 그 '자성의 광명'이란 빛이 나타나면 그때는 어떻게 해야 되는 건가요?"

"만약 할머니께서 그런 빛을 지니고 있었다면 할머니는 이미 선의 문에 드셨던 겁니다. 그 기운을 느낄 정도의 사람은 절대로 남을 속일 수가 없지요. 양심을 속이는 일은 하지 않는데, 만약 감정에 휩쓸려서 욕심으로 산다면 그 기운은 사라지고 맙니다. 그렇지만 지혜의 힘이 있고 심력이 쌓여 성품을 그대로 발현할 수만 있다면 그 광명은 엄청나게 뻗어나가게 됩니다. 그 점을 유념하세요."

잠시, 환영이 나타났다 사라졌다. 처음에는 내 몸과 마음 모두가 사라져버린 것 같았다. 단지 의식만이 부유해 방안에 앉아있는 여자를 물끄러미 바라보았다. 그러자 한 줄기 옅은 빛이 여자의 머리 위를 맴돌았다. 그 희미한 빛은 다시 어떤 모양을 만들어갔다. 그건 전에 꿈에서 봤던 동물의 형상이었다. 할머니와 함께 만났던 거대한 동물, 바로 그 하얀 코끼리였다. 코끼리는 경쾌하게 고개를 주억거리고 입을 달싹거렸다. 그 동작으로 보아 코끼리는 누군가와 이야기를 하고 있는 게 분명했다.

코끼리가 발걸음을 옮기자 옆모습이 드러났다. 역시 짐작한 대로 코끼리의 등에는 사람이 앉아있었다. 그리고 놀랍게도 그 사람은 바로 할머니였다. 그녀가 나를 향해 고개를 돌렸을 때, 나는 자칫 할머니! 소리쳐 부를 뻔했다. 단 한 번만이라도 만나볼 수 있길 얼마나 고대하던 할머니였던가. 순간, 보이지 않는 강력한 기운이 어깨를 찍어 누르듯 내 감정을 저지시켰다.

마주 보이는 그녀의 얼굴에선 어떤 근심이나 슬픔, 기쁨이나 희열 같은 것은 일체 보이지 않았다. 어쩌면 그 무의한 얼굴이 내 경솔한 행동을 막았던 건지도 몰랐다. 그저 텅 비어서 고요하고, 또 가득 차서 충만함이 깃든 그런 편안한 얼굴이었다.

그 영상은 순식간에 빛과 함께 사라져갔다. 대신 잊고 있었던, 가장 행복해하던 순간의 할머니 얼굴이 떠올랐다.

할머니, 할머니 등은 왜 이렇게 튀어나왔어? 으응, 보물이 들어있어서 그래. 무슨 보물? 그건 네가 크면 다 알게 돼. 만져 봐도 돼? 돼. 아프지 않아? 내가 호 해줄까?

할머니는 하나도 안 아프다고 했지만 나는 할머니 등을 살살 쓰다듬어주었다. 움푹 들어갔다 뾰족하게 튀어나온 부분이 뼈 같았지만, 할머니가 보물이 들어있다고 해서 아가처럼 조심조심 어루만졌다. 내가 호 불며 등을 쓰다듬을 때마다 할머니의 얼굴은 나팔꽃처럼 활짝 피어났다.

1 단전(丹田) : 삼단전의 하나. 도가(道家)에서 배꼽 아래를 이르는 말이
 다. 구체적으로 배꼽 아래 한 치 다섯 푼 되는 곳으로, 여기에 힘을 주
 면 건강과 용기를 얻는다고 한다. 상단전은 뇌를, 중단전은 심장을, 하
 단전은 배꼽 아래를 이른다. =십단전, 하단전 (표준국어대사전)

2 프라이탁 : FREITAG. 1993년 마커스 프라이탁, 다니엘 프라이탁 형제
 에 의해 설립되었다. 버려진 천막, 자동차 방수포 등을 가방으로 재활
 용하는 스위스 업체. 대표적인 업사이클링(재사용) 사례라고 볼 수 있
 다. 버려진 천막을 재활용해서 만들기 때문에 똑같은 제품이 없고, 각
 제품은 이름이 붙어 있다. 재료의 특성상 제품 하나 하나 사람 손으로
 직접 만들어야하기 때문에 가격이 매우 비싼 편이다. 업사이클링 제
 품이라 새 상품도 상태가 안 좋은 것이 간혹 있다. 올블랙 같은 인기
 색상은 그 희소성 때문에 매물가격으로 정가의 2~3배에 이르기도 한
 다. 헌 제품을 재활용한 것이라 간혹 냄새가 매우 난다. (나무위키)

3 유일학림(唯一學林) : 1946년 9월에 재단법인 원불교 중앙총부에서
 유일학림(唯一學林)으로 설립한 것이 원광대학교의 시초이다. 유일
 학림은 각 3년제의 중등부와 전문부로 구성되어 원불교학과 불교학
 및 교양과목을 가르쳤으며, 이후 중등부는 원광중, 원광여중, 원광고,
 원광여고로, 전문부는 원광대학교로 발전하였다. 현재는 원불교 중앙
 총부에서 분리된 학교법인 원광학원에서 원광대학교를 운영하고 있
 다. (원광대학교- 나무위키)

4 까미 : 까미머리. 일본어 '히사시까미'에서 온 말로, 비녀를 꽂지 않고
 머리 뒤를 둥글게 마무리하는 헤어스타일. 긴 댕기머리나 쪽 찌고 비
 녀 꽂던 머리를 자르고 뒤로 둥그렇게 말아 올려 핀으로 고정시킨 머
 리. 그런 머리를 한 여자는 대개 짧은 통치마에 구두를 신었기 때문에

쪽 찌고 긴 치마 입은 구식 여자에 비해 훨씬 멋쟁이로 보였고, 신여성이란 이름으로 통했다. 30년대 도시에서 교육 받은 여성들 사이에서 유행했다. (박완서 소설어사전)

5 천산갑 : 유린목(有隣木)에 속하는 동물의 총칭으로 아르마딜로와 더불어 포유류 중에서 등껍질을 가진 동물이다. 몸의 길이는 30~90cm, 꼬리의 길이는 20~50cm 정도이며, 몸의 위쪽은 이마에서 꼬리 끝까지 모두 어두운 빛깔의 비늘로 덮여 있다. 몸의 아래쪽은 비늘이 없고 엷은 살색의 털만 있다. 주둥이가 뾰족하고 이가 없어 긴 혀로 개미 등의 먹이를 핥아 먹는다. 비늘은 약으로 쓰이며, 이 비늘을 천산갑이라 부르기도 한다. 주로 밤에 활동하며 중국 남부, 대만, 미얀마, 말레이시아, 네팔, 인도, 아프리카 등지에 분포한다. 천산갑이란 이름은 '산을 뚫는 갑옷'을 뜻한다. 천적은 악어, 하이에나, 아프리카비단뱀이다. 코로나바이러스감염증-19의 주된 숙주로 지목되자, 사실 여부를 떠나서 부정적인 쪽으로 낙인이 찍힌 현재는 나중에라도 수입될 가능성이 더더욱 줄어들었다. (나무위키)

6 자성(自性) : 모든 법(法)이 갖추고 있는, 변하지 않는 본성. 본디부터 갖추고 있는 불성(佛性). =자성본불 (표준국어대사전)

멀어지는 출구통로, 아득한 사람살이

김원우

↓

어느덧 14, 5년 전의 낡은 화면이 되고 말아서 감회가 적잖이 착잡해진다. 그즈음 전미홍은 대학원의 소설창작실기 강의실을 누구보다 충실히 지키는 터주대감이었다. 그럴 수밖에 없는 것이 매번 그는 기차로 동대구역까지 올라와서 전철로 열다섯 정거장 너머에 있던 '성서' 캠퍼스의 한 강의실에 출현, 그 비좁은 직사각형 테이블의 한쪽 구석 자리를 남 먼저 차지하곤 했는데, 그 먼 길을 통학하면서도 결석은커녕 지각조차 한 번도 하지 않았으니 말이다. 틀림없이 살림 사는 여자지 싶은데, 하루하루를 어떻게 관리하길래 1인 3역을 저토록 빈틈없이 짜 맞춰 가는가 해서 신통하게 여겼고, 저절로 주목의 끈을 늦출 수 없었다.

'소설 쓰기'를 배우러 나온 소위 '문청'들이 대개 다 그렇듯이 전미홍의 첫 작품도, 아슴푸레한 기억을 뒤적거릴 것도 없이, 그 수준이 고만고만해서 '형편없잖아, 이래서야 곤란하지, 고생깨나 하게 생겼네' 하고 혀를 찼을 게 틀림없다. 그런데 문장부터 내용 전반의 잘잘못을 지적했을 때, 그는 얼굴색만 발갛게 물들일까 어떤 반응도 보이지 않았다. 수강생의 받아쓰기하는 태도에 따라 '안 되겠다, 죽자고 공부를 안 할라고 덤비는데 난들 어떡해'나, '하루빨리 보따리를 싸고, 다른 취미 활동을 찾아봐라, 우리가 이런 식으로 자주 대면하면 서로 불편하잖나'라는 질타를 내놓을 판인데, 소설과 소설 쓰기에 대한 일정한 경외를 드러내는 그의 다소곳한 자태와 이마의 진땀을 훔치는 한편 점점 붉게 달아오르는 그 안색이 평소의 내 막말 버릇을 자제하도록 죄어쳤다. 그 후로도 그는 꾸준히 순번을 좇아 발표하게 되어 있는 과제물로서의 신작을 어김없이 제출했고, 그때마다 '쓰기보다 읽기에 더 열을 올려라'하는 내 잔소리를 골백번은 들었을 테지만, 예의 그 말 없는 받아쓰기와 홍조 띤 얼굴만 과시할까 어떤 내색을 말로나 몸짓으로 표시하는 법이 없었다.

 소설 공부를 어떻게 해야 좋은/훌륭한/감동적인/가슴을 쥐

어뜬는/사유의 장을 열어가는 작품을 쓸 수 있는지를 모르는 문청이야 없을 테지만, 말처럼 쉬운 작업은 아니다. 가장 쉬운 조언을 들이대자면 책상 앞에서의 엉덩이 씨름에서 이겨야 하고, '아는 길도 물어 가라'는 말대로 사전 찾기에 싫증을 내지 않고, 첫 문장을 수백 번 고치는 끈기로 '다시 쓰기' 버릇을 길들여야만 진정한 '문인'의 디딤돌 위에 올라설 수 있겠으나, 그 실천에 능하다면 재능이나 천성이 이미 일급 프로 작가일 것이다. 글감=소재 찾기도 사람살이/세상살이가 만만치 않듯이 어렵기 짝이 없고, 머리를 쥐어짜도 뾰족한 게 나올 리 만무하다. '시렁 눈 부채 손'이라는 말대로 남의 작품들도 기를 쓰며 줄기차게 읽어봐야 시시해서 한숨만 늘까, 쓸수록 문장/문단은 원수라도 졌는지 돌아앉아서 풀려나올 기미를 보이지 않는다.

구지레한 말을 줄이면 소설 읽기나 소설 쓰기는 사방에서 각다귀 떼가 날아들어 바글거리는 진흙탕과 다를 바 없다. 그 북새판 속에서도 그럭저럭 '읽히는' 작품을 한두 편 쓰고 나면 '에라 모르겠다, 내 재주가 까짓것인데 이제 그만할란다'하고 털버덕 퍼더버리게 마련이다. 누구라도 이내 지칠뿐더러 용케 마음을 추슬러서 다시 새로운 작품 쓰기에 도전해보려고 해도 늘 '한때의 흘러간 과거'만 얼쩡거리고, 그 후져빠진 거름더미를 한사코 파먹어 들어가는 자신의 몰골에 치가 떨리고 만다. 그 청승은 결국 자기 연민에 불과해서 '나는 졌다, 한 줄도 못 쓰겠는데 우짜란 말이고'라며 문학을, 심지어는 글 읽기마저 내팽개치곤 한다. 그런 자기 부정, 자기 파괴가 작가의 숙명인 줄을 알고 나자마자 '소설 창작' 자체가 흉물이 아니라 두려움의 대상으로 떠오르고, 대개는 그 경계선쯤에서 소설이라면 아예 진절머리가 나서 헌신짝처럼 내팽개쳐버리게 되는, 그 일련의 답답한 회로에 빠져서 허둥거리는 것이 문청 특유의 기득권이기도 하다.

그런저런 모양새의 소설 습작들을 한창 발표해대던 당시에도 딱 한 걸음 앞서가는 문청이 예의 그 대학원 강의실에도 여러 명이나 있었지만, 아직도 소설 쓰기의 최일선에서 나름의 골몰에 빠져 사는 학우들이 있는 듯 마는 듯한 걸 보면, 역시 '굽은 나무가 선산 지킨다'라는 옛말대로 전미홍은 뚝심과 끈기에서만큼은 타의 추종을 불허하는 '장사형 작가'임에 틀림없는 듯하다.

↓

전미홍의 전번 창작집 『아내의 폴더』와 이번의 연작소설집

『누구십니까』는 여러 점에서 다르지만, 한편으로는 작가 자신의 고유한 체취랄 수 있는 주특기도 대번에 눈에 띈다. 가령 6편의 길고 짧은 단편에는 주요 인물이든 부속 인물이든 하나같이 정신적/신체적 장애에 시달리고 있다. 화폭을 메우지 못하는 화가, 전쟁이 할퀴고 간 상처를 간접 체험하며 시름겨워하는 술친구, 딸의 수발과 간호에 기대서 겨우 연명하는 치매 걸린 노인네, 장례식을 치르는 자식의 구슬픈 영혼, 노인 학대증이 심하다고 의심받는 사위, 사위에게 얹혀사는 노인네의 불신증, 초중증 재생불량성빈혈 환자인 젊은 무용가, 명상 센터에서 단전 호흡을 배우며 나누는 심각한 말씨름 경연극의 등장인물 등이 흐릿하게, 때로는 거칠게, 더러는 선명하게 펼쳐진다.

주요 인물들의 현재 심신 상태가 일러주는 대로 이 작품집의 전체적 아우라는 출구가 막혀버린 통로에서 서성이는 인간 군상의 의미 없는 대화 나누기와 그 근거에 대한 추적이다. 그들의 일상에는 어떤 희망도 없다. 인간의 실존적 한계가 그러므로 이렇다 할 대책도 없이, 당연히 어떤 해결 수단을 찾을 엄두조차 못 내고, 오로지 시간과 세월의 흐름에 맡기고 삭아가며 닳아가는 무력감을, 그 정신적 허탈감을 곱다시 견뎌낼 수밖에 없어서이다. 어떻게 발버둥질을 쳐본들 또 구원의 손길이 뻗어

오더라도 당장 개선될 여지가 전혀 없다. 오늘날 우리 현실의 면면들이 워낙 착잡하게 얽혀 있어서, 또 하루가 다르게 진짜/가짜를 쉬 분별할 수 없는 정보들이 세뇌를 집요하게 사주해대기 때문에 '옳게 사는 방법' 같은 교훈적/종교적/사회적 조언 따위는 사기꾼들의 호언장담과 다를 바 없기도 하다. 그런 헛소리를 뻔히 알면서도 그것에 귀를 기울이거나 매달리는 우리 자신과 이웃들의 가련한 정황에 무슨 중뿔난 희소식이 들릴 것인가. 어떤 '천사/부처'가 나선다 한들 속수무책일 수밖에 없는 것이다.

'기다림'조차 용납하지 않는 이런 폭폭한 현실에 대한 해석/해부는 이 작품집 특유의 주제 의식이라기보다 모더니즘/포스트모더니즘이 추구하고, 구현해내려는 막강한 현대 문명 전반에의 상투적인 주제어에 값하고, 그만큼 약효도 의심쩍은 처방전이기도 하다. 진부하며 구태의연할 수도 있는 이런 작의를 굳이 붙들고 힘겹게 씨름하는 모습을, 나아가서 소설 속의 여러 장면을 이해하기는 어렵지 않다. '집에서나 길에서나 자주 목격할 수 있는 우리 현실이 이처럼 여전히 딱하고 난해한데, 그렇다고 외면할 수도 없지 않나'라는 주제곡이 입에 익어서 노래방 기기의 배음에 맞춰서 부를 수밖에 없다는 고백이 그것이다. 이런 탄식이 그 어떤 정보/뉴스/지식보다 생생하게 육박해오고, 노골적으로 우리의 일상생활 전반에 위협을 가하고 있으니 소설이라는 장르가 불가피하게, 아니 의무적으로라도 다루지 않는다면 직무 유기가 아니고 무엇인가. 그래서 작가는 '인간에 대한 예의' 같은 교과서적인, 그럼으로써 '값싼 휴머니즘을 팔아대고, 앞장서서 소비하는 행태야말로 감상주의'라고 대든다. 다른 작가들의 작업을 돌아볼 것도 없이 나 혼자서라도 오늘의 처절한 삶을 부분적으로라도 긍정하고, 그 어떤 상업적인 분위기에도 휩쓸려 들지 않겠다고 도전장을 내밀고 나선 것이다. 『누구십니까』에 한 줌의 '감상성'도 비치지 않는다는 이 희귀한 사례가 우리 소설에 어떤 이바지를 보탤지는 누구도 점칠 수 없지 않나 싶은데, 나만의 기우이길 바랄 뿐이다.

요즘 내남 없이 잘 쓰는 사회적 용어인 '밈'은 어느 지역의 고유한 문화적 유전인자, 그런 분위기에 알게 모르게 추종하는 세습화 풍조 일체를 뜻하는데, 공연히 현학적 취향을 한껏 뽐내는 유행어에 지나지 않는다. 기왕의 '풍토성'이나 '세속성'이 '밈'을 곧바로 적시하고 있는데도 불구하고 누구도 그 말맛을 주목하지 않는 현상이야말로 유행어의 남발을, 그 오해/난해의 꼴불견 현장을 대변하고 있기도 하다. 소설은 사실상 어느 것이라도, 가작이든 졸작이든 저마다 명작 이상으로 그 득의의 아우라를 통해 어떤 '풍토성'의 기미를 맡느라고 분주를 떨면서, 눈을 홉뜨고 그 복잡다단한 무늬를 주시하면서 속살, 곧 본질의 의미를 캐보려고 다가가는 미완성의 시작(試作)에 불과하다. 『누구십니까』의 작가도 그런 작업에 매몰되어 있어서 많은 세목을 놓치고 있는 한편 그 구체성의 소홀에 대한 보상으로 '지금/여기'의 거죽을 노려보면서, 이 겉모습조차 제대로 파악하기가 참으로 벅차다고, 한숨을 길게 내뿜고 있기도 하다.

↓

목걸이처럼 낱낱의 구슬이 한 줄에 꿰어져서 하나의 장신구를 만들어놓고 있듯이 『누구십니까』에는 누구라도 그 작은 보석의 재료가 무엇인지 즉각 알아볼 수 없는 '어휘'들이 유독 많다. 이 집필 버릇을 이해하기는 아주 손쉽다.

모든 작가는 다른 동업자들이 잘 쓰지 않는, 또 모르고 있을 것 같은, 그래서 사용 빈도수가 떨어지는 단어를 사전에서 억지로 '발굴'하여 적재적소에 써먹고 싶은 강박적 편집증에 시달리고 있다. 간단히 현학 취향이라고 재단해버리기도 하는 이고질병은 '어휘량의 풍요'만이 일류 작가의 보증서이고, 명작으로 대접받는 관문이라는 좌우명에 신들려 있어서이다. 실제로 동어반복이 심한 통속소설을 훑어보더라도 대번에 알 수 있듯이 '잔소리/잡담/수다' 속에 질펀하게 되풀이되는 그 따분한 말들의 향연은 즉석에서 알아들을 수 있다는 장점을 누릴 수 있긴 해도 이내 싫증이 나고, 남의 사유를 통해 하나라도 배울 것을 깔아놓는 '글'과는 격이 완연히 다르다. 말과 글의 차이가 바로 이것이다. 말은 누구라도 아무렇게나 지껄이고 이내 '별말도 아니네'하고 말지만, 글에는 무언가를 깨우치도록 채근하는 사유의 여과 장치가 매달려 있다. 아무리 하찮은 글이라도 고심의 흔적이 배여 있게 마련이며, 작성 과정의 고생이 글줄의 배면에 후광처럼 떠올라서 연방 '이해/속해(俗解)/통해(通解)'를 촉구한다.

달리 말하면 남들의 그 어리뜩한 문장들과는 전혀 다른 가락만이 내 글의 장기라는 자부심은 결국 문장/문단/문맥의 가장 작은 단위, 곧 어휘량과 그 활용의 적확성으로 가름할 수밖에 없으므로 내로라하는 작가는 이야기의 곡절과 그 결말이야 어디로 굴러가든 우선 수집가다운 열정을 가지고 사전 속에 숨어 있는 보석 같은 희귀한 어휘의 '발견'에 집착하게 되는 것이다. 비록 정도의 차는 현저하나 어떤 작가라도 자신의 어휘력 자랑에는 입에 거품을 물고 설치는데, 엄밀히 들여다보면 그 적절

성에는 허점이 많을 수밖에 없다. 왜냐하면 어떤 특정의 단어가 그 자리에서, 또 지금 시점에서 과연 얼마나 안성맞춤인지를 알아보기는 어렵기도 하려니와 나름의 잣대를 지니고서 눈에 불을 켜고 덤비는 독자들의 구미에 일일이 호응하기가 벅찰뿐더러 거의 불가능하기 때문이다. 그렇긴 해도 독자의 자잘한 불평불만을 무찌르며 어딘가로 나아가려면 무엇보다도 풍성한 어휘력으로 이야기의 굴렁쇠를 수월하게 굴려야 하고, 그 다양하고 풍성한 글 잔치로 독자의 의식 전부를 가지고 놀면서 종내에는 무찔러버려야 한다.

『누구십니까』에는 사전을 두 개 이상 뒤적거려야 간신히 해독할 수 있는 단어들이 꽤 수북하니 쟁여 있다. 가령 다음과 같은 한자어들이 그 실례이다.

'대퇴의족/법수홍련/반연/석훈/명목/악수/비백/반함/네블라이저/말목/옹화/천산갑' 같은 어휘의 뜻을 즉각 알아보는 독자가 과연 얼마나 있을지 나로서는 짐작조차 할 수 없다. 더욱이나 한자를 괄호 속에 병기해두면 '무지막지한' 독자의 외면을 받는다는 '말 같잖은 미신'에 휘둘려서 한글만 노출해 버릇하는 우리의 출판 '풍토성'에 차마 대들고 나설 수 없어서 한자 무식꾼 노릇을 자청해야 하는 '소설 기술법 내지 표기법'은 전

국민의 '문해력' 미달 사태와 결국에는 지적 천박화까지 부채질하고 있기도 하다. 문인이, 출판업자가 합심하여 독자 일반의 지적 고양을 주도하기는커녕 '한자를 모르는 무식꾼으로 살아도 괜찮다'고 몰아대는 이런 조잡한 '문화의 풍토성'에서 그들의 시원찮은 직업윤리를 들먹이는 부덕의 소치가 부끄러울 따름이다.

뿐만이 아니다. 이야기=서사의 구체성을 살린다는 구실로 현대 예술에 관해 작가가 제공하는 각종 정보는 너무 전문적이어서 독자의 투정, 원성을 사기에 족할 정도이다.

이를테면 아래의 예문들이 그렇다.

> "루이스 부르주아의 '미망'을 보셨어요?"
> "선생님 블로그에 있는 오딜롱 르동의 '순교자의 머리'나 '웃음 짓는 거미'에서처럼 말예요."
> 벽에 걸린 헨리 퓨젤리의 '악몽'을 가리키면서 M이 익살스럽게 웃었다.
> 이 장면들은 마치 토드 히도의 '밤' 사진처럼 한 장의 사진이 되어 규원의 기억 속에 저장돼 있다.

위의 네 문장은 현대 예술에 대한 작가의 출중한 지식이 곧이곧대로 드러난 대목이겠는데, '독자 여러분들은 너무 무식해서 아직 모르지요' 하고 자족할 게 아니라 전후 대목에서 상당한 지면을 할애하여 나름의 진지한 '설명'과 더불어 해설을, 가능하다면 화자의 특이한 독법일 '촌평'까지도 덧붙여서 작품 전편의 고급스러운 아우라=이색성 부각을 도와야 할 것이다. 소설의 목적도 그렇지만, 그 수단이야말로 독자와의 진정한 소통이 온갖 돼먹잖은 이론보다 우선이고, 그것에 소홀한 작품은, 그 속의 현학적 문맥들은 자위에 신들려 망가진 육신의 노출과 다를 바 없다. 흔히 쓰는 문자대로 '어처구니없는 예술'을 전시해놓고 '모르면 말고'라는 예술가의 기고만장을 '이해'하는 줄자는 의외로 그 눈금이 단순하다는 주장도 새겨야 한다.

↓

주지하듯이 소설의 서사는, 곧 차례를 쫓아가는 이야기의 기동력은 설명/묘사/표현의 기능에 전적으로 기댈 수밖에 없다. 문장/문단의 조립에 동원하는 이 세 가지 기능이 얼마나 여의롭게/능수능란하게 꾸려지는지에 따라 성공/실패가 나눠진다. 이야기의 차례를 임의로 바꾸는 기량이 플롯 짜기인데, 이 유기적 조작이 물 흐르듯이 자연적으로 이루어지려면 설명/묘사/표현의 안배를 가늠하면서, 그 비율에 오만 신경을 곤추세워야 하고, 소설 쓰기의 고충은 사실상 이 세 가지 기능을 제멋대로 부려 먹을 수 없어서이다. 다들 일상 속에서 톡톡히 겪듯이 무엇이든 제 마음껏 부리려면 그 대상을, 이를테면 부엌칼이나 과도라도 그 기능이 제 손 감각에 익숙해지도록 숱한 '반복/연습'을 거듭할 수밖에 없다.

　'설명'은 이야기의 전후 인과를 모든 독자가 단숨에 알아보도록 쉽게 풀이하는, 가급적이면 어떤 기교도 부리지 않고 작성하는 '평이하고 단순한' 서술문이다. 대화가 이 '설명'에 해당하는 것은 그 말의 주고받음이 이해하기 쉬워서이다. 이 대목은 자꾸 덧붙일수록 헷갈리기 딱 좋으므로 생략함으로써 지면의 낭비를 줄여야 할 것 같다. 그다음에 이어지는 '그의 눈짓에는 긍정적인 조롱이, 난들 어쩌라고 하는 낙담이 번득였다'라는 문장은 대화의 구색을 살려주는 또 다른 '설명'인 동시에 작가 나름의 '묘사'이기도 하고, 보기에 따라서 득의의 '표현'에 값한다고 할 수도 있다. 달리 말하면 '설명'을 지나치게 늘어놓다 보면 '잔소리'의 본색이 그렇듯이 중언부언이 넘쳐나서 '한 말을 또 하고 또 해대는' 꼰대의 실성기 많은 지청구로 들리기도 하므로 '서술문'은 꼭 필요한 것만, 군더더기는 과감하게 들어내는 요령이 문장 작성의 요체이다. 『누구십니까』에는 빠뜨려서는 안 되는 '설명'이 보이지 않아서, 그것에 보조를 맞춰야

하는 '묘사'가 태부족해서 '허, 좀 아쉽네'하는 탄성이 저절로 터지게 만들고 있다. 이런 불평을 잠재울 기량은 물론 작가의 다음 과제이기도 할 것이다.

'묘사'는 이야기를 그럴듯하게 풀어가기 위해서, 이를테면 장소/시간/인물/사건 등의 정황/관계를 여실히, 그러니 사실화처럼 베끼는 기능이다. 어떤 소설이라도 '설명'과 아울러 '묘사'는 필수적 장비이며, '묘사' 없는 소설은 논문이나 신문 기사처럼 무미건조해서 감동과는 철저히 담을 쌓아버린다. 대개의 소설이 재미없는 것은 '설명'이 너무 많아서, '묘사'의 효력이 보잘것없어서 그렇다. 강조하건대 특수한 정보/지식만 골라서 전달하기에 급급한 학술논문/신문 기사/생활 교양서 따위가 재미없는 것은 그 따분한 '설명'만으로 일관하는 문체 탓임은 보는 바 그대로이다. 소설이 그런 지적 저작물보다 여러 점에서 한결 우월한 것은 그 문맥/스타일을 주관하는 이 '묘사' 때문임은 더 말할 것도 없다.

그와 반대로 '표현'은 작가 자신의 세계관/인생관 등을 독보적/개성적인 눈으로 파악, 정리한 자의식, 곧 작의의 다른 말이다. 통속소설에 '묘사'는 질펀해도 '표현'이 드물거나 겉치레로 일관하는 실적 자체는 작가의 세상 파악력이 아직도 여전히

'남의 눈'을 함부로 빌려 쓰고 베끼고 있다는 물적증거에 지나지 않는다. 역시 '경제적인 글쓰기' 때문에라도 더 이상의 언급은 자제하는 것이 오히려 '숙고'의 기회를 제공하는 계기가 되지 않을까 싶다.

이 세 가지 기능을 얼마나 활달하게 구사하고 있는가에 따라서 작품의 자질과 그 우열도 확실히 달라지고, 그 가치도 한눈에 돋보일 수 있다. 어느 작품의 성취 여부를 저울질할 수 있는 이 간단한 기능에 소홀한 사례가 바로 천박한 통속소설과 그 아류로서의 환상소설들임은 차제에 밑줄을 그어둘 만한 지침이 아닐 수 없다. 물론 이론적으로만 그렇다는 소리일 뿐, 어떤 작가라도 그 비율까지 겨냥, 그 적정성을 따지면서 문장/문단을 조립해갈 수는 없다. 그러나 창작의 진정한 묘미는 이 설명/묘사/표현을 마구 섞어서 써 내려가다가도, 그 물리적/화학적 배합이 작가의 임시 기분에 잘 맞아떨어질 때 희열도 느끼고, 바로 그 '창조에의 보람'을 만끽할 수 있어야 비로소 '현대소설'의 성가퀴에 얼굴을 내밀 수 있게 된다.

전미홍이 자신의 소설 쓰기를 통해 그런 성취감을 얼마나 제대로 만끽했는지 우리 독자들은 물론 종잡을 수 없다. 모쪼록 스스로 반성의 고삐를 단단히 조여감으로써 앞으로도 소설 쓰는 재미에 혹독하게 시달리는 낙을 누리기를 바랄 따름이다. 그동안 애써 쓴 작품들을 한 권의 책으로 묶어내는 보람도 또 한 번의 그런 성취감에 도전해보려는 의욕의 확인일진대, 무슨 고행인들 마다하랴. 저만치 우뚝 솟아 있는 우람한 성채가 한 눈에 보이는 데야 파근할망정 어찌 다리품을 아끼겠는가.

| 작가의 말 |

이 소설은 한 가족(부모)의 이야기다.

제때 다하지 못한 부모님에 대한 애도가 당위성과 필요성 사이를 오갔고, 그리움과 의무감이 교차하면서 펜을 작동시켰다. 그리고 시간은 무정하게 흘러갔다.

한 시인은 작가라면 마땅히 자신의 조상─부모이야기부터 써야하는 거라고 주장했고, 어떤 소설가는 그만 부모님기억에서 벗어나 지금 당신이 쓰고 싶은 소설을 쓰라며 충고했다. 또 어느 학자는 이젠 세상으로 나와 타인들의 이야기를 쓸 때가 되지 않았냐는 말을 넌지시 건넸다.

첫 책을 출간하고 출판기념식에서 다음 책은 아름다운 노인 이야기를 쓰겠노라 선언해버렸다. 그때 이미 부모님은 미지의 그 책 속에 안방을 차지하듯 깊숙이 들어와 앉았다. 정작 그곳에 참석해 있던 대부분의 사람들은 당시의 내 무모한 발언을 잊어버렸겠지만, 스스로 한 말은 허공에 새겨진 것처럼 한 순간도 떠나지 않았다.

애초에 의도했던 대로, 각기 화자와 톤를 달리한 여섯 편의 연작소설이 완성되었으나 아쉬움이 크다. 안타깝게도 부모님은 글로 다 나오지 못했고, 아름답게 쓰리란 독자와의 약속도 제대로 지켜지지 않았기 때문이다.

그럼에도, 석가모니는 세상의 모든 이가 한 번이라도 내 어머니가 아니었던 자가 없다고 하셨다니, 어머니 이야기는 평생을 걸려 쓴다 해도 부족할 수밖에 없지 않겠는가, 라며 스스로를 다독인다.

세상의 모든 어머니와, 부모님을 그리워하는 모든 이들에게 이 책이 하나의 청동 종소리가 되어 울려 퍼질 수 있길 소망한다.

2023년 봄

전미홍